死神先生的自殺契約書

L·C——著
單宇——繪

死神先生的自殺契約書

目錄

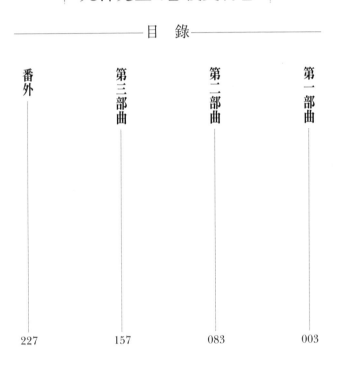

第一部曲

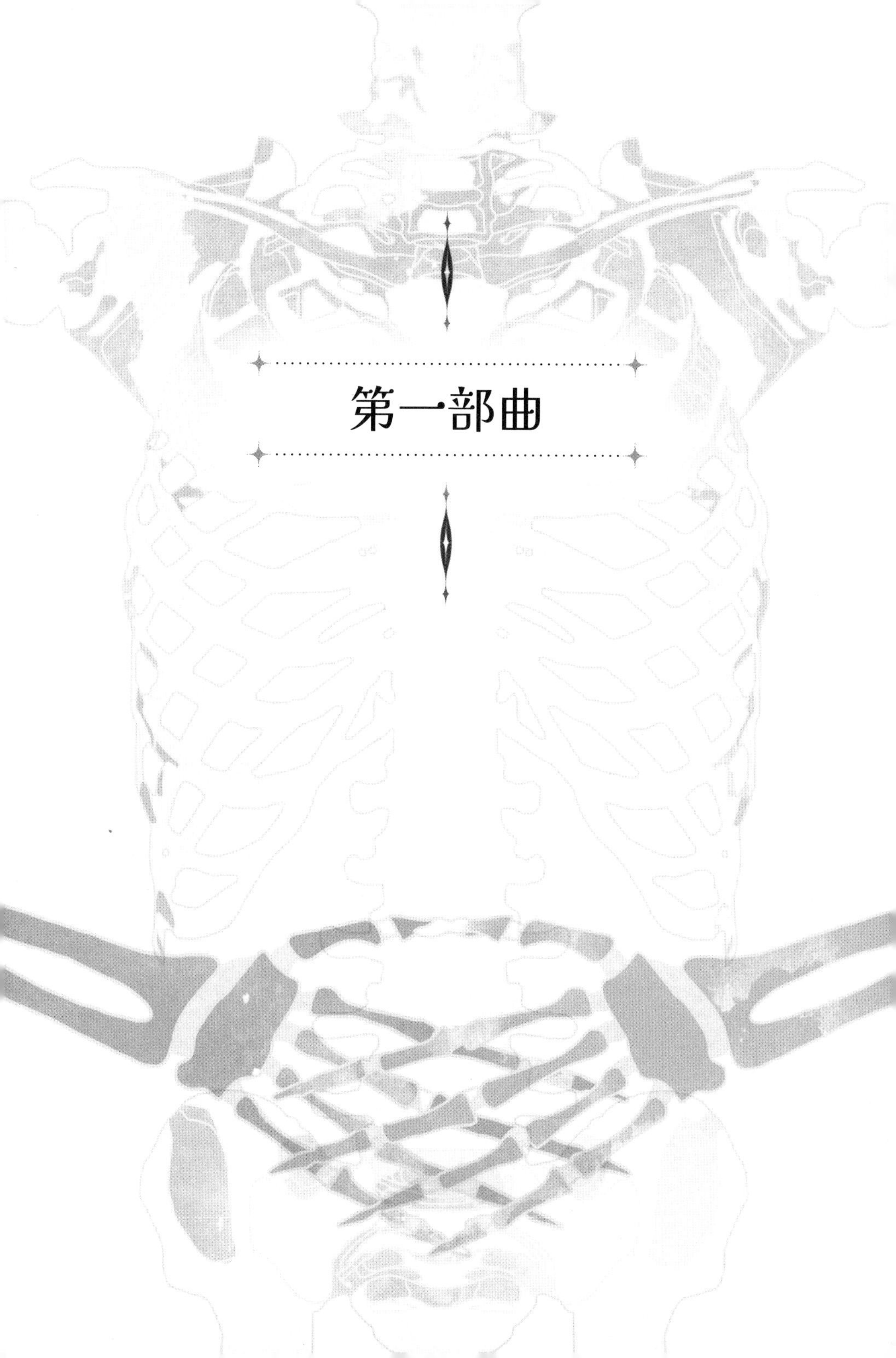

01【麻煩你了，死神先生】

頹靡的、沉淪的，舊巷。

一位皮膚白皙的少女，倒臥在遍布垃圾堆的冰冷石磚上。秀麗卻又稚氣的臉龐上刻著大小不一的傷痕，斗大的眼眶猶如櫥窗，鑲上如藝術品般精緻的水藍色琉璃眼珠。

且與藝術品一般，沉默、死寂。

呼嘯的冷風鑽進冬日的大街，把所有本該擁有色彩的地方都沖刷得褪色又斑駁。體溫自指尖開始流失，悄悄蔓延到全身。

少女纖長的睫毛眨了眨，柳眉蹙起時打了個冷顫，鼻頭似乎已經失去知覺了。她下意識地瑟縮起身軀，總算感受到一絲寒意。

稍微聚焦的視線落在不遠處，一架翻倒的輪椅上。其中一個朝天、沾滿泥濘的輪子還在旋轉。額頭漸漸傳來發麻的痛楚，她不記得自己是怎麼摔倒的。

隻身一人推著輪椅來到這塊荒僻的城鎮，不知道已經幾日沒進食了。她的雙手麻木，身軀早已沒了支撐起身的力氣，只能倒臥於地，平靜等待生命的逝去。

她曾聽聞，這兒的流浪漢，如同禿鷹，是會分食人屍的。

這正好。

就這樣，默默地消失在這世上，像是未曾出現過吧。

「小美人，妳可真會挑地方啊？」

一道輕浮的嗓音自頭頂傳來，少女能感受到對方的陰影籠罩住她，可卻沒力氣抬頭辨識來人。進入眼簾的只有一雙滿是皺褶，看起來被穿了很多年的黑色舊皮鞋，是成年男性的尺碼。

爾後那人蹲下身，少女這才勉強瞥見那雙皮鞋的主人一眼。

是名肌膚白皙的高壯男子，他有著一頭油膩的及肩頭髮，幾縷捲曲的髮絲黏在下巴，與鬍渣混雜一起。當少女看見那人從左頰上延伸到下巴的彎月形刀疤時，不自覺地心驚了一下。

男人身穿一襲莊嚴的黑西裝，可喉結下方的領帶卻是打歪的，甚至褲頭沒扣緊。與他脣邊掛著的不羈笑容意外合適。

少女想出聲詢問對方的來意，沒料到卻被一把打橫抱起。

接著一道熱氣逼近，那雙失神的眼眸瞪大，不可置信地盯著近在眼前的濃眉，以及唇上無法忽略的灼熱與酒水的純釀香氣。

「嗚嗯……」少女下意識地將對方的西裝外套抓皺，嚥下口。

「暖和多了吧？」

鬆開嘴，酒水的氣息仍舊蕩漾在兩人的唇間，使少女暈眩。可她的身體確實如男人所說，在酒精穿入全身每一顆細胞之後漸漸熱了起來，遲緩的思緒也終於甦醒。

少女總算有力氣詢問，「請問你……是誰？」

「我是死神喔。」

說著這句話的口吻太過輕快，以致少女一時間沒反應過來。

「喂，怎麼每個人聽到都一副不相信的臉啊？」男人大嘆了口氣，搔著頭無奈道。

「總之，既然妳都想死了。七天後靈魂就讓我帶走沒問題吧？」

他那根碩大的指頭點了點少女的額頭，彷彿靈魂正寄宿於裡頭。少女懵懂地摸了摸額頭，聽著對方抱怨前一個人也是如何如何的不相信自己，笑了。

「那就麻煩你了，死神先生。」

這回換男人頓住。他從業至今，未曾收過這樣的答覆。

雖然是要自殺的人，可是聽聞死神，果然還是會有畏怕、猶疑、恐懼的吧？可面前的少女笑的是如此和藹，語調是如此的柔和，彷彿遠離凡塵般的飄渺。見對方這副模樣，男人收起嘴邊玩世不恭的笑意，臉蛋鐵青了幾分。

「叫我伊凡吧。」男人道，「死神先生聽起來怪彆扭的。」

「好的，伊凡先生。」

原本伊凡是打算開口要她連「先生」兩字都省略的，但……他懶得管這麼多了。

伊凡扭開手裡的酒瓶，咬著瓶口咕嘟嘟地暢飲，空出來的雙手一把將少女抱起，將她放置回輪椅上。

「好了，我看看啊——現在接到人了，接下來是……」因太久沒執勤勤務，伊凡口中念念有詞地翻著手中一本厚重的《死神指引書》，過沒多久發出煩躁的低吟，「煩死了，字怎麼這麼多。」

接著伊凡一把將書闔上，抽開嘴裡喝完的酒瓶，再看向眼前懵懂望著自己的少女。

隨機應變吧。反正他這幾百年間，向來都是這麼行事的，也沒出過什麼大問題。

伊凡居高臨下地俯視一臉茫然的少女，開口。

「先報上名字讓我確認吧，抓錯人可就尷尬了。」

02【住所】

「好的。我是西萊絲特，就讀佛倫大學三年級，住在沛德城鎮，家裡除了父母外還有一位年幼的弟弟，平常沒什麼特別的興趣，假日也……」

「停停停，小美人，我只是要妳報名字不是報身家。」伊凡舉起雙手打斷西萊絲特，「要命的，我可不是來相親的。」

西萊絲特一頓，淺笑著致歉，「啊，抱歉。」

看著少女如同人偶般聽話，伊凡皺了皺眉。他傾身，雙手抓著輪椅兩邊的扶手逼近西萊絲特。

「小美人。」

伊凡一開口，西萊絲特便聞到對方口中濃厚的酒精味，她保持僵硬的笑容，看向眼中有著肅殺之氣的男人。

「這麼信任我真的好嗎？也許我根本不是什麼死神，只是個帥氣過頭的人蛇集團老大，打算把妳賣給變態富商當玩具啊。」

伊凡舔著上脣，玩味地續道，「妳不知道那群老男人都怎麼玩的吧？首先，他們會把妳的腿截肢，以防妳逃走，然後……」

「那就沒關係了呢。」西萊絲特平靜地插話，爾後悲戚一笑，「反正，我現在不也是這樣的狀態嗎？」

在伊凡愣住的同時，她又笑著補了句，「我已經沒有相信伊凡先生以外的其他選項了。」

從見面起，眼前的少女一再顛覆伊凡的想法。

死神的工作很單純，收割人的性命與靈魂，僅此而已。

除非遇到些不甘於天命的傢伙，才需要以武力強拉走對方。否則的話，這能說是個無所事事的職位。

而伊凡愛死了這份工作。

如今，他看著明明很配合卻說不出哪邊怪異的西萊絲特，無奈地嘆了口氣。

「小美人……我有預感會跟妳合不來。」

「咦？咦？我做錯什麼事了嗎？」

對於西萊絲特慌張的詢問，伊凡沒有做出回應。只是繞到少女身後握住扶把，在顛簸又昏暗的小徑上前行。

與他粗獷的外表不同，伊凡小心翼翼地推著輪椅，使坐在上頭的西萊絲特不至於感受到什麼震動。

「伊凡先生，請問我們要去哪裡呢？」

西萊絲特眨著那雙大眼，當她回頭看向伊凡時，男人覺得自己正被一片祥和的天空注視著。

「總得先找個地方住吧。」伊凡回道，「越晚可是會越冷的，要是妳在外頭失溫而死，那可不算自殺。」

聽到自殺兩字，西萊絲特心驚了一下。她確實是想過自殺的，但這不過是存在於腦海中的思想，從沒告訴過任何人。

為何這個初次見面的男人能夠精準地洞悉她的內心呢？還有……

西萊絲特困惑地道，「伊凡先生，不是來殺我的嗎？」

「殺？」

這回換伊凡沉重的酒嗓頓住了，爾後他無奈地開口，「哎呀，所以我說……真是的——不要聽到死神就聯想到殺人嘛，我可是很紳士儒雅的，從沒幹過這種事。」

望向身後的男人從左頰上延伸到下巴的駭人刀疤，西萊絲特眨了眨眼。

「喂，妳那是什麼懷疑的眼神？」伊凡不悅地道。

「啊不是的，我沒有懷疑伊凡先生。」西萊絲特慌張地搖著手道，「只是在想，伊凡先生給人的感覺跟形象有點差距呢。」

「還真是什麼話都能老實說……」

兩人的閒聊在走到一棟建築物前停下，在黑夜中，裡頭有幾盞搖曳的火光明亮。

伊凡細心地將輪椅的煞車桿拉緊，才走上前繞著房子觀看一圈，滿意地笑道，「不錯、不錯，這棟房子只有一樓、平面空間也挺大的、還有後花園，就決定是這了！」

「但是裡面有人住吧？」西萊絲特指著屋裡的燈火，出聲提醒。

伊凡看也沒看少女所指的方向，逕自地轉了幾圈脖子，從襯衫口袋掏出一包菸盒。他點燃叼在嘴裡的菸，呼出一大口氣。

「把他們趕走不就得了。」

只見伊凡憑空變出一把巨大的暗黑色鐮刀，單手扛起走上台階，接著按了按門鈴。

前來應門的是一位老太太，當她開門時，原本人模人樣的伊凡搖身化作駭人的骷髏樣貌，那雙深不見底的空洞眼眶，瞪視著跌坐在地的老太太。

「我來索命了，老太婆。」

「啊啊——救命啊！」

在一頓尖叫聲過後，伊凡撥了撥變回人形的瀏海，他蹲下身敲了敲失去意識的老太太的額頭，一顆明亮小巧的圓珠突地掉出，滾落在地。

伊凡拾起小圓珠，吹掉上頭的灰塵收入口袋呢喃，「靈魂就讓我保管幾天吧，七天後就會還妳了。」

結束完這場囂張的打劫，伊凡回頭，得意地看向呆愣住的西萊絲特。

「看吧，就說我不殺人的。」

03【契約】

隔天早晨，窗外的景色仍舊霧白一片，天空似是蒙上一層塵埃，灰濛濛的。

剛起床的西萊絲特望著窗外的雪景，卻未感受到一絲寒氣。

她的身上不知何時套著一件柔軟的淺色毛衣，那並非屬於她的，上頭還飄著陌生的洗衣精香氣。

輪椅就在床邊不遠處，西萊絲特以雙手撐著柔軟的床墊挪動身軀。好不容易將自己弄上輪椅時，一頭銀白色的波浪長髮已然凌亂不堪。

徐徐地推著輪椅來到梳妝鏡前，西萊絲特簡單地打理好自己的儀容，將領口的紅色蝴蝶結壓平。她看著鏡子裡的身影良久，出神地摸了摸自己的臉頰，接著拍了兩下，讓蒼白的臉頰顯得紅潤，像是在喚醒沉睡的靈魂。隨後往房門的方向前行。

她使用的是最靠近客廳的房間，伊凡則是與老太太共用最尾端的那間臥房。昨晚當他扛起失去意識的老太太進房時，還說著，「放心，我口味上還是挺挑剔的。」

來到廚房，西萊絲特打開冰箱確認裡頭的食材，煮了一鍋粥當作早餐。

「早安啊——小美人，妳還真早起。」

在西萊絲特用過早餐沒多久後，一道慵懶的嗓音從深處緩緩傳來。

坐在窗邊閱覽書籍的西萊絲特轉頭，便見到赤裸著上身，僅穿著黑色西裝褲的伊凡。他打著哈欠抓了抓滿是刺青的背部走來。

「早啊，伊凡先生。」西萊絲特闔上書，柔柔地笑道，「你不套件衣服嗎？外頭又開始下雪了。」

「不用。」伊凡聳了聳肩回道。

原本坐上沙發，抽出一根菸正要點燃的伊凡，視線看向餐桌上的鍋子，猜想它會是香氣馥郁的。

「啊，我煮了些粥。伊凡先生要吃嗎？」西萊絲特推著輪椅來到餐桌邊，印證了他的假想。

伊凡頓了頓，接著道，「好啊，來一點。」

招了招手後點燃一根菸，伊凡吐出雲霧時，西萊絲特正巧把盛好的一碗粥端到他面前。

伊凡捧過碗，直接就著邊緣大飲一口，令手裡還拿著湯匙的西萊絲特頓時目瞪口呆。

昨天意識迷濛下才接受了對方的說詞，可今日腦袋清醒後，總覺得眼前這人根本與死神沾不上邊。

就是個再平凡不過的黑幫成員。

「妳挺會煮的嘛，再來一碗。」伊凡舔了舔嘴脣，將碗遞向西萊絲特，當對方準備盛裝時又道，「算了，妳直接將整鍋端來好了。」

最後那整鍋的熱粥全進了伊凡的肚子裡，西萊絲特愣愣地看著空蕩蕩的大鍋子，裡頭少說也有五、六人份的量。

而伊凡逕自從口袋中掏出扁酒瓶暢飲了幾口道，「哈，果然飯後就是要喝些酒啊。」

語畢，他將手裡的酒瓶遞給西萊絲特，卻被搖著頭婉拒。伊凡於是又自顧自地喝起酒來，再度點燃一根菸。

「伊凡先生，你……真的是死神嗎？」西萊絲特忍不住問道。

「嗯？怎麼現在才問這種事，我以為妳已經接受了。」伊凡挑眉道，「還是說，有哪一點讓妳覺得我不像死神嗎？」

全部。

西萊絲特僅是僵著笑容不知該如何言說，而伊凡嘆了口氣，右手在空中繞了半圈後，一張古老泛黃的牛皮紙與一枝羽毛筆頓時浮現在眼前。

「好吧，那我們來做點正事，讓妳進入狀況。」

接過伊凡遞來的牛皮紙，西萊絲特看見標題斗大寫著「死神的自殺契約書」，負責人「伊凡」，心中仍舊存疑。紙上密密麻麻的文字其中還摻了些古老的拉丁符號。

「等等，我還沒轉換好語言。上個傢伙是個拉丁男，死得可真夠華麗的。」伊凡爽朗地笑道。

當他的手要抽過牛皮紙時，西萊絲特盯著上頭的文字搖了搖頭道，「沒關係的。」

「嘿，妳居然看得懂拉丁文啊。」伊凡吹了聲口哨讚揚。

「在學校稍微有學過，不是太困難的還可以。」西萊絲特淺笑應答，「不過有些我不太懂意思。」

「還是由我來說明一下吧。」

伊凡接過紙筆後，在上頭胡亂圈出幾點，一一細說。

這是只有下定決心要自殺的人才會看見的死神與其契約書，委託人七天後註定會死去。身為死神，我將誓死捍衛您自殺的權利。

一、若委託人依約自殺，死神可收下委託者的靈魂，而委託者將永遠無法轉世。

二、若委託人由死神殺死，死神將無法獲得委託人靈魂，委託人會失憶後轉世。

三、若期限到了，委託人沒有自殺行為或是死神沒有出手，雙方皆會受罰身亡。

四、若死神阻擾委託人自殺，拯救過程中死神將會受罰且救援失敗，同歸於盡。

「簡單來說，就是妳死定了。」

04
【死亡的理由】

伊凡以筆尾戳了戳西萊絲特的額頭。

「當然站在我的立場來看，你們期限到了乖乖自殺，讓我回收靈魂是最省事的。」

西萊絲特撫摸了下自己的額頭問道，「伊凡先生之前遇到的人都是這樣的嗎？」

「不一定，不過我會讓他們依約自殺。」

出乎意料的回答令西萊絲特眨了眨眼，她看向伊凡那抹捉摸不定的淺笑，不自覺地打了個寒顫。

「妳知道嗎？把委託人打昏後丟在鐵道上，讓他醒來的下一秒被火車輾斃也算是自殺啊。」伊凡豪爽地笑道，接著那雙眼神兇狠地看向西萊絲特，「所以別想給我耍花招或試圖拖我下水，認命吧。」

「我不會給伊凡先生添麻煩的。」西萊絲特柔柔地笑道。

那張溫雅靜默的面孔是伊凡從未見過的，他盯著女孩良久，哼笑了聲。

還真有餘裕啊，若真的死到臨頭，這張可愛的臉蛋會怎麼哭泣，懇求自己饒她一命呢？

「那就好。」伊凡聳了聳肩，接著驚呼了聲，「對了，還有一條。」

他的右手又在牛皮紙上方畫了幾圈，契約書下方頓時浮現出一段文字。

西萊絲特皺眉唸道，「委託人需供給死神三餐與消夜？」

唸完後，西萊絲特不解地看向一旁的伊凡，而後者喝著酒沒回應她的視線。過了片刻才放下酒瓶，回看她。

「妳想想，我現在可是個要確保妳能成功自殺的保鑣，付點酬勞應該不為過吧？」

西萊絲特無奈地苦笑了聲，還真是個既諷刺又可愛的形容呢。

「好的，我明白了。」

拾起羽毛筆沾滿墨水後，西萊絲特在紙上簽下自己的名字，再將紙筆交還給伊凡。男人也在上頭潦草地落下署名，接著將牛皮紙捲起收進懷中。

「話說，小美人。妳為何想自殺？」

伊凡邊點燃香菸邊開口，他的口吻一點也不像是想知道答案，僅是找個話題打發時間。

西萊絲特眨了眨眼，低頭盯著地面良久才開口，「我……嗯……該從哪邊講起才好呢？」

「是因為身體這樣嗎？」

見女孩苦思的樣貌，伊凡昂起下巴指向西萊絲特的雙腿。

「啊，可以這麼說。」

順著對方的開頭，西萊絲特緩緩道，「去年夏天的時候，我跟弟弟在家門口玩耍時，出了一場很嚴重的車禍。雖然當時緊急送到醫院接受治療，但已經傷及神經了。醫生說……除非是奇蹟發生，否則我一輩子都得在輪椅上生活。」

纖細的手指抓著下身的百褶裙，即便沒有鋪上毛毯，西萊絲特也不覺得寒冷。她白皙修長的雙腿，是上帝創作出最優美的瑕疵品。

接下來她的嗓音染上微微的顫抖，「而我弟弟他……大腦重傷陷入昏迷，到現在都還沒醒來。」

「那是一筆很龐大、很龐大的醫藥費……」西萊絲特眼神茫然地道，「我的母親必須辭去工作專心照顧兩個孩子，父親所賺取的錢根本不足以支付我們的醫療費用。我們已經把所有值錢的物品都典當了、房子也賣掉。但是，完全不夠的啊。父母親開始為了孩子們的事爭吵，父親還說、還說要拔掉弟弟的呼吸器……」

斷續的哽咽使西萊絲特停頓，她必須深呼吸好幾口氣，才有辦法平息情緒。伊凡抽過幾張面紙遞給她，繼續躺回沙發上喝著他的酒，似乎對這樣的場景習以為常。

「所以我就想……要是我死了的話，這個家就能恢復正常了吧？」

西萊絲特笑著，那雙碧藍色的眸子像是被大雨洗滌過的天空，清澈透亮，無一絲迷惘。好像這道申論題的答案就是這麼的簡單、這麼的稀鬆平常。死亡便能帶來一切的風平浪靜。

「就這樣？」

在長久的一語不發後，伊凡總算吐出一句話，說話的同時還揚起眉毛，彷彿正期待著什麼。他見西萊絲特愣住，逕自續道，「我還以為妳會是什麼芭蕾舞者，失去雙腿等同失去人生意義，悲痛之下決定了結自己的性命。」

伊凡邊說，夾著菸的指頭邊比劃，在空中拉出一幅虛構的看板，「『知名芭蕾舞者身後的悲傷故事』，瞧，新聞標題我都幫妳想好了。」

少女一時間被對方誇張的舉止弄得一愣一愣，早些時候的悲傷氛圍全都煙消雲散。她甚至差點忘了原本他們在談論什麼話題。

回過神來後，她尷尬地垂下頭、侷促地搓著雙手，「啊……是的，就只是這樣……抱歉，讓伊凡先生失望了。」

西萊絲特說完又把頭垂的更低了，她覺得自己即將迎來一頓痛罵。罵她笨、罵她傻、罵她不知足、不珍惜性命。但與此同時又有一股難以言喻的鬱悶充斥著胸口，搞得她既混亂又困惑，莫名想辯駁什麼，還沒思考清楚就抬起頭。

「但……想要尋死，一定要有什麼特別的理由嗎？」

伊凡舉起酒瓶的手停在空中，他看向繼續說下去的少女，「我確實沒有一個正當死去的理由，但也沒有一個應該——或者是說，能說服我活下去的理由不是嗎？至少自殺對現在的我而言是一場很划算的交易。我想改變。雖然……這確實不是很好的選擇，但我想嘗試改變現狀，這便是我僅有的能力下能改變的方式，那這樣算不算努力活下去呢？嗚……抱歉，讓伊凡先生聽了這麼蠢的一番歪理。」

西萊絲特話說到一半就為自己的愚蠢懊惱，趕忙咬住舌頭停止說下去。她的餘光瞥見原本停在半空中的酒瓶，漸漸傾倒向伊凡的嘴，卻沒有預期中的液體從瓶口流出。男人瞪大眼往裡頭看，確認一滴也不剩了，才將瓶蓋拴緊起身。

「哎──幹嘛道歉？」伊凡發現西萊絲特面帶不安地抬眼覷著自己，他隨興地抓了抓自己的一頭亂髮道，「我又不會因為這樣就跟妳解除契約。沒有人有資格評斷別人的人生，把重點放在自殺的『自』上吧，好好享受這場和自己思辯的旅程囉，小美人。別太在意我，就像我一開始說的，我就只是個保鑣。」

說完伊凡還鼓勵似地拍了拍對方的肩膀，悠悠走向大門。

在開門前，他回頭看向西萊絲特問道，「對了，我要去買些酒和菸。需要幫妳帶些什麼嗎？」

還在反芻伊凡那句話的西萊絲特，過了片刻才反應過來回答，「啊那個……我需要些導尿管。」

「導尿管？」

「嗯……對……導尿管，麻煩伊凡先生了。」

少女重複說了一次導尿管時，臉頰一陣熱紅。

伊凡搔了搔頭開門，嘴裡咕噥，「喔對，妳當然需要導尿管。」

05【活著】

當伊凡從下著大雪的外頭走入溫暖的屋內時，壁爐中的柴火因為從門縫溜進來的冷風而晃動，他愣愣地看著蜷縮在沙發上雙眼迷糊的西萊絲特。

現在是凌晨一點，這小傢伙沒去臥房睡覺，待在這裡做什麼？

伊凡記得自己出門前，分明有叫西萊絲特先去睡，別等他了。

他走上前，單膝跪在西萊絲特的面前，伸手晃了晃她的肩膀問道，「喂，妳怎麼在這裡？還不睡嗎？」

「啊嗚……」

西萊絲特的身軀一抖，揉了揉眼睛看向來人，慵懶地道，「伊凡先生……？你回來了呀？」

「嗯。比起這個，快回房裡睡吧。過勞死可不能算是自殺。」

西萊絲特被對方的話語逗笑，這位死神還真盡責呢。

「沒事的，我只是在思考一些事情睡不著。」西萊絲特打著哈欠道。

「什麼事情？」

伊凡一屁股坐上沙發，柔軟的坐墊下陷，讓一旁的西萊絲特不自覺地往自己的身上靠去。他沒有推開對方，任憑那嬌小睏倦的身軀依偎在肩膀上。

「伊凡先生為什麼要跟我簽契約呢？世上應該有很多像我這樣的人吧？為什麼會想要收割我的靈魂呢？」

男人沒有回答，他撇頭看著肩膀上那顆小腦袋瓜。粗碩的指頭捲起一縷銀白色的長髮，湊到鼻尖深吸了一口，接著壓在唇瓣上親吻。眼神若有所思。

「沒什麼好說的。妳剛好被分配到我手上，我接下，就這樣。」伊凡聳肩道，「不過妳算幸運了。如果是和其他奇怪的傢伙簽約可就沒這麼好受了啊。」

或許是昏暗的燈光影響，西萊絲特總覺得伊凡向來玩世不恭的臉龐變得嚴肅。這讓她不禁思考所謂其他奇怪的傢伙是指誰？難不成這世上還存在著其他死神嗎？可那僅是幾秒的事，爾後那雙蹙起的濃眉鬆開，大笑出聲。

「啊對了，還能拿來賭博用。要是我這回成功收回妳的靈魂，就贏過那該死的臭女人了。我們可是賭了一打威士忌啊，妳可別害我輸了。」

拿委託人的靈魂做賭注？該怎麼說，很有伊凡先生的風格呢。

西萊絲特又是無奈地笑了，「總覺得伊凡先生活得比我還充實呢。」

「那妳認為自己怎麼樣才算是活著？」

面對伊凡的反問，西萊絲特頓住了。

她沒有想過，進食？上學？睡覺？排泄？什麼時候的自己才是活著的？關於死亡、關於生存，好像都是有意義的，但又好像是沒意義的。

思考一陣子後，西萊絲特垂下頭囁嚅，「我也……不知道。」

「哎——別露出這種表情嘛！又不是多重要的問題，不知道又如何？況且那種東西就跟手機一樣，就算找到了還不是容易弄丟，過沒幾年又會換新的。」

伊凡大笑了聲，伸手揉亂西萊絲特的長髮，接著起身將她的輪椅推來，打算將女孩抱上去。

「那……被伊凡先生收割靈魂後的我，將會怎麼樣呢？」西萊絲特抓著沙發的扶手，表明她還不打算回房休息。

伊凡揚起眉回道，「條約上不是說了，永遠無法投胎轉世。」

「嗚，我並非這個意思。我當然還記得條約的內容。」西萊絲特苦惱地思索用詞，「我是指，這樣死後的我會去哪裡？」

「沒有了靈魂的我……是誰？」

伊凡雙手環在胸前，發出了一聲嗯哼的語助詞，「到這時候妳又在乎起這個了？」

西萊絲特被對方的回話弄得臉頰一陣熱疼，有點慚愧地咋舌。她知道伊凡說的沒錯，現在的她還在乎這些做什麼？反正再過幾天就要死去了。但她有一個預感，她覺得自己跟那些能夠腳踏實地又安分過完一生的人，差別就在於此。好像她對死亡的嚮往是源自於對活下去的懵懂。只要能在這個世界中找到自己、辨識出哪怕是一點模糊的輪廓也好，就能尋出活著的意義。

「看來伊凡先生是有找到自己的人呢。」

最後少女輕嘆了口氣，語調裡透著一點羨慕與渴望，但沒打算再去深究的意思。就像當初她離家時扔進書桌抽屜裡上鎖的手機，把「那種東西」從自己的身上切割下來。

有一瞬間伊凡的臉上閃過複雜的表情，爾後他不由分說地一把將西萊絲特抱上輪椅，「好了好了，好奇寶寶，妳該睡了。我抱妳上床吧。」

他把人推回臥房，最後輕柔地為她蓋上棉被。

「晚安，睡美人。」伊凡調戲地在西萊絲特的額上落下晚安吻。

西萊絲特摸了摸還留有餘溫的額頭問道，「這也是……活著嗎？」

走到門邊的伊凡一頓，他又回頭走到床邊，掀開西萊絲特的棉被後，翻身覆上去。

「既然妳這麼想追求活著的實感，也許我們來一場性愛妳就能體驗到了啊，妳說呢？」伊凡舔了舔脣道，「剛才那女人我還沒玩盡興就暈過去了，不如妳來陪我玩一下吧。」

06【死神】

西萊絲特仰視著伊凡，這時才查覺對方脖子上遍布的吻痕與滿身廉價的香水味，無疑是剛上過妓院的模樣。

那雙厚實的掌心探入毛衣，撫過肌膚時帶來顫慄。即便滑過她內衣的鋼圈，西萊絲特仍舊沒有畏縮，靜靜地注視著伊凡。

她伸手觸碰伊凡左頰上的刀疤，指尖緩緩往下，滑過他滿是鬍渣的下頦，接著又循脖頸強韌的肌理觸碰到喉結。這看似無用的器官卻像是個活物，隨著每一次的吞嚥滑動。西萊絲特突然想到小時候有人騙她說那是吞了一顆蘋果卡在那的傑作。

伊凡不知為何停下了咬住女孩白皙頸畔的動作，他鬆開嘴緩緩支起身，就僅是靜靜地看著女孩的手指在自己的肌膚上肆意遊走。鎖骨、肩膀、上臂，他的眼神隨之掃蕩自己結實的身軀。

「伊凡先生，死神……是活著的嗎？」

「第一個字都叫死了，妳說呢？」

低沉的嗓音在回覆時不帶半點情緒，但西萊絲特卻感覺到自己被拖入某塊很深很沉的海域，連揮舞四肢掙扎的時間都沒有便被淹沒。她對於問出這句話感到抱歉。也同時對眼前這個神秘的男人產生好奇，想知道伊凡身上揹負著什麼沉重的故事。

「伊凡先生為何會成為死神呢？」輕柔的語調續問，使男人無所遁形。一雙碧藍色的澄淨眼眸似乎能穿透所有阻礙，直達最柔軟且最脆弱的內心，讓人難以擺脫。

要是別人，伊凡早就一拳將對方揍暈了，哪還會讓他開口。

可是面對西萊絲特純真的面容，伊凡僅是嘆了口氣。翻身倒在一旁的床墊上，伸手將西萊絲特攬入懷中，拍著她的頭安撫。

「該死的，妳小妮子的年紀都能當我女兒了啊。快睡，有事明天再說。」

這句話連轉移話題都稱不上，硬生生地以打呼聲終止對談。

西萊絲特枕在那寬厚的胸膛上，能清楚地聽見對方強而有力的心跳聲，這規律的脈動莫名使她想哭。

是真實活著的啊，這個人。

還有她。

「早啊——小美人。」

「早安，伊凡先生。」

「多虧伊凡先生，昨晚睡得很好呢。」

「不用謝，我也很久沒像個人一樣好好睡一覺了。」

昨晚斷線的話題誰也沒再提起，就讓它繼續於床上沉睡。

西萊絲特將平底鍋裡的培根夾起，再以剩下的油將雞蛋煎到半熟。烤吐司機跳起來，她拿著餐盤與夾子轉頭時，伊凡早已用手指將熱騰騰的吐司拿起。

西萊絲特慌忙地將餐盤遞過去，「伊凡先生，快放這邊，很燙的吧！」

「沒事。」伊凡聳了聳肩，將吐司放上盤子後，舔去發紅指尖上的麵包屑，

「還沒烤熟。」

西萊絲特原本以為他是在說吐司，後來才意會過來他是在說自己的手指。

「請先沖冷水，我這就去拿藥。」

難得少女的語氣如此強硬，伊凡咕噥著麻煩，可還是乖乖打開水龍頭。看著水

流淌過指縫間，表情陷入徬徨。

「伊凡先生？」

西萊絲特的叫喚讓他回過神來，轉頭見到她的膝上放著一盒醫藥箱。伊凡將水龍頭關起，甩了甩手後，整隻手掌伸到西萊絲特面前。

少女的舉止輕柔，包紮得細心又完美。包紮後的成果一點都不妨礙伊凡用叉子享用完他的早餐。

今日總算沒有下雪了，西萊絲特推開窗戶，讓陽光與暖意流淌入屋子中。伊凡閱覽著報紙，餘光捕抓到女孩脣邊的笑意。

「碗我來洗吧。」

伊凡拿起油膩的餐盤走向廚房，沒想到西萊絲特奮力推著輪椅趕到他面前道，「還是我來洗吧！伊凡先生的傷口可不能碰觸到水。」

「不知道的人還以為我是被截肢了。」

伊凡雖然如此抱怨，還是讓位給西萊絲特。老實說，他本來就不愛做這些瑣碎的家事，不過是出於禮貌。

在西萊絲特洗碗盤時，伊凡看著天氣不錯，決定去後花園曬曬太陽。而當西萊絲特打理好家事，從後門的斜坡來到花園時，便見到伊凡手裡拿著一把巨型鐮刀，正在鋤草。

比起恐懼，更多的是錯愕、真實與一些些的逗趣。眼前的這個男人，果然是死神，也果然是伊凡先生啊。

伊凡見到遠處的西萊絲特，以為她是因害怕而不敢靠近。於是道，「不用怕啦，只是定期保養而已。沒有投入我的殺意，連劃傷人都不會。」

說完，一隻小白貓追著蝴蝶跑到伊凡的腳邊。男人彎下腰，一把拎起牠的後頸道，「還是我來示範一次讓妳看看吧。」

「伊凡先生。」

西萊絲特這聲喊得極為輕柔，卻令身為死神的伊凡一瞬間起了雞皮疙瘩。

「若是你還想吃晚餐的話，請放下那隻小貓咪。」

07【市集】

在第三日過後，許多事情變了。準確來說，西萊絲特不知道是什麼變了，對家人的愧疚與思念沒變、想尋死的念頭也沒變，可就是有什麼變了。

「喵嗚——」

稚嫩的奶音在腳邊磨蹭，西萊絲特低頭望去時，一雙大手早她一步，一把拎起小貓的後頸放在自己的肩上，無奈地嘆了口氣。

「妳是認真的嗎？都要死了還養貓？」

「但我現在還活著喔。」西萊絲特輕笑了聲回應，「能麻煩伊凡先生幫我拿一下碗盤嗎？」

伊凡乖順地拿來碗盤，自從上次被西萊絲特嚇阻後，該怎麼說……身為死神的他竟然會對區區一個人類有所顧忌，甚至到言聽計從的地步。一定是西萊絲特煮的食物太合自己的胃口，他才會這麼妥協的。

伊凡邊大口地將去骨的烤雞腿塞入嘴裡，邊喝了口羅宋湯。

午飯後，西萊絲特從廚房出來。見到伊凡以巨型鐮刀逗著小白貓的景象一時頓住，直到對方狐疑地看向她問道，「怎麼了嗎？」

「啊，我需要去一趟市集，冰箱沒什麼食材了。」西萊絲特答道。

「這樣啊，出發吧。」伊凡收起鐮刀，起身用腳把小貓推到一旁走向門口。

西萊絲特詫異道，「欸？伊凡先生也要去嗎？」

「這不是當然的嗎？我好歹也是妳的保鑣。」伊凡轉頭道，「要是妳逛魚攤時被臭死，我不就損失大了。」

聽到對方的回話，西萊絲特噗哧一笑。這男人的話總是能輕易逗笑她。

西萊絲特總算發覺是什麼變了，她開始變得愛笑。

並非輕淺有禮的微笑，而是更深處、發自內心的燦笑。雖說這也帶來了更多冷然口吻喊著「伊凡先生」的機會，可是這樣的轉變卻帶給她快樂充實的每一日。

原本西萊絲特是打算自己推輪椅的，不過伊凡的手搶先一步。

「喂喂，不要視線離開妳幾秒，就急著出事好嗎？我來推就好了。」

「謝謝你，伊凡先生。」

西萊絲特笑起來就像道和煦的陽光，也可能是因那雙如天空的水藍色眸子瞇起後，空中於是只剩下太陽。

通往市集的小徑有些崎嶇，於是伊凡放慢速度前行。抵達時，街道上僅剩稀疏的行人，正巧讓兩人行動方便。

經過一間花店時，盛開的百合花放置在外頭的黑色塑膠花桶裡，西萊絲特不由自主地伸手觸碰它大方的花瓣，深吸了口。

「好香呀！」少女興奮地轉頭朝男人道，「伊凡先生，你也聞看看吧！」

伊凡沒有回話，逕自從口袋翻出錢幣買下那朵花，塞入西萊絲特的手中。

「趁還能聞到香氣的時候多聞幾口吧。」伊凡聳了聳肩道。

西萊絲特歪了歪腦袋，總覺得對方在說這句話時，夾雜著某種複雜的情緒。可她沒再多想，確實聽從伊凡的話，把握住花朵的賞味期限，吸取它的芬芳。

兩人沿著排列整齊的小販逛到一間蔬菜攤，西萊絲特拿起幾根紅蘿蔔與洋蔥，伸手要去拿花椰菜時，卻沒想到輪椅猛地退了一大步，使她撲空差點摔下來。

「停停停！小美人，妳這是打算拿什麼生化武器？」

西萊絲特傻愣愣地道，「那只是花椰菜喔，伊凡先生。」

「所以我說，想都別想。」

西萊絲特總算意會過來地問道，「伊凡先生不敢吃花椰菜嗎？」

「我沒有不敢，但我只吃人類該吃的食物。而很顯然的，那玩意兒不是。」伊凡堅決地道。

女孩簡直被身後的男人笑彎了腰。最後她還是堅持買下那顆花椰菜，並說道，「不可以挑食喔。我會好好料理，讓伊凡先生改觀的。」

伊凡懊惱地低吼了聲，有時候他還真不知道該拿這小傢伙怎麼辦。

結束採買後，兩人走在雜草叢生的荒郊小徑上回程，西萊絲特愜意地哼著一首民謠，伊凡默默聽著，冷不妨開口。

「真懷念啊——以前我也會唱給女兒聽。」

西萊絲特停下旋律，詫異地扭頭問道，「咦？伊凡先生有女兒嗎？」

「有啊。」伊凡坦率地承認，「不過那已經是兩、三百年前的事情了。」

一瞬間西萊絲特不知道是對方有女兒、還是已經是幾百年前的事了，哪個更讓她震驚。正當她想繼續追問下去時，一道嫵媚的女聲從兩人身後傳來。

「伊凡．曼加諾？真的假的啊，你居然在這裡？」

08【巧遇】

率先轉頭的人是伊凡，他的表情明顯不悅，彷彿新買的皮鞋踩進一坨新鮮的狗屎裡。眼神兇惡地看向身後那名將一頭火紅色捲髮束成長馬尾、身材火辣的女人。

她穿著一件輕薄的蕾絲洋裝，不應當是這個季節會穿的。

「我說過不准這麼叫我了吧，臭女人。」

對方明顯沒將他的話放上心，闊步朝西萊絲特走來問道，「呦——這位小美女是你這次的委託人嗎？」

「妳、妳好？」

西萊絲特退卻地縮起下巴、含糊地打了聲招呼，她不確定這名性感的女人是死神伊凡先生的……誰？

「喂，離她遠一點。」

伊凡走上前，擋在西萊絲特面前，為她隔開對方迫人的視線。與此同時，站在女人身後的高挑金髮男子卻突然瞪大眼，伸手指向輪椅上的女孩。

「這不是西萊絲特嗎？」男子詫異地道。

「啊！你是……斯帕克？」西萊絲特總算想起這個男人的名字。

眼前有著一百九十公分的精實身軀，配上一頭耀眼的金黃色頭髮、眼眸，與迷人的燦笑。和西萊絲特就讀同一所大學，在校是個萬人迷的角色。

兩人不能算是熟識，應當說，要不是有回西萊絲特的輪子卡在泥濘中，正巧經過的斯帕克幫了一把，他們是完全不會有交集的。

斯帕克絕對不可能聽說過西萊絲特這個人。

但就連西萊絲特這種不參與學校活動的人，都對斯帕克略有耳聞。

大多是關於他的球隊又贏了哪間學校的比賽，或是他與女友分手的八卦。

「真巧啊——居然是小星星認識的人。」女人在彎下腰向西萊絲特伸手時，露出三分之一雪白又完美的胸型，「幸會，我是奧蘿拉，也是個死神喔！」

「咦？」

西萊絲特伸出去的手頓住，而奧蘿拉大方地握住後用力上下搖了兩下，在被伊凡打到之前，縮了回去。

比起眼前的女人，西萊絲特的視線全集中在斯帕克那頭被陽光照射而閃耀的頭髮，他永遠是那樣的充滿活力、耀眼、惹人喜愛。

很難將這樣的萬人迷與即將步入死亡的自己做聯想。

奧蘿拉順著女孩的視線望向身後的大男孩，她轉身走到對方身邊，挽著斯帕克的手拉到伊凡和西萊絲特面前。

「你們是不是很好奇，我們家小星星想自殺的原因啊？」

瞧奧蘿拉一臉神秘兮兮的樣子，伊凡煩悶地揮了揮手道，「誰有興趣知道一個蠢小子的事了。倒是妳，不是約好不會出現在彼此面前了，居然還敢這樣若無其事地上前跟我打招呼。」

「我們是約好要公平競爭，不妨礙對方收集靈魂吧？」奧蘿拉挑眉反駁。

伊凡吐出一口煙道，「為了那一打威士忌，我不會輸。」

「所以我說這麼執著於酒做什麼啊！都成為死神了，喝那些東西有什麼用！」

奧蘿拉雙手撐腰，喋喋不休地跟伊凡爭論起來。男人也不甘示弱地回了幾句，夾起叼在嘴上的香菸，朝她的蕾絲上衣彈了彈菸灰。

西萊絲特看著與一般人並無二樣的他們，歪頭思考起死神是什麼？又是為何會成為死神的呢？

斯帕克繞過激昂的兩人，走到西萊絲特身邊關心道，「還好嗎？」

「我沒事的。」西萊絲特抬頭，瞇起眼笑著回道，「只是在思考，死神到底是什麼呢？伊凡先生又是為何會成為死神的？」

這次換斯帕克愣住，他略為詫異地開口。

「嗯？妳沒有看條約嗎？第五條條約有寫到喔。」

09【快樂的期限】

第五條條約？

西萊絲特瞪大雙眼，張口要再追問下去時，不知何時出現在旁的伊凡驀地打斷他們。

「喂喂，臭小子。別趁我不注意的時候拐走我家小美人，快回家治治那潑婦吧。」

「伊凡．曼加諾！你叫誰潑婦了！」奧蘿拉氣惱地跺腳，高跟鞋狠狠踩在堅硬的地板上，留下一道小裂痕。

可伊凡完全不打算理會她，彎下腰將輪椅的煞車桿拉起後，推著西萊絲特就要離去。

「給我等一下！」

奧蘿拉追上前，手臂一甩，掌心裡霎時變出一把巨型鐮刀擋在他們面前，「你還沒跟我說這女孩想自殺的原因。順帶一提，我們家小星星是因為受不了情傷所以想死的，很浪漫吧？」

西萊絲特看向站在奧蘿拉身後苦笑的斯帕克，似乎沒否認對方所說的話。

「就說誰想知道那臭小子怎麼死的？他就算是笨死的也跟我們無關。」伊凡冷嘖了聲，「妳再繼續擋路，就別怪我不客氣了。」

「自殺，是阻止這個世界繼續傷害自己的方式，這是一項自救行為。」奧蘿拉瞇起眼道，「我不容許其他的自殺理由。」

「瘋子……想死就死，還需要什麼理由。」

伊凡低吟了聲，卻沒想到奧蘿拉逼迫到西萊絲特面前，那雙塗著鮮紅指甲油的手指抓著她輪椅的扶手，彎下腰問道，「小美女，告訴我。妳自殺的理由是什麼？」

一瞬間的壓迫令西萊絲特亂了分寸，她結結巴巴地回道，「我……啊……為了救弟弟。」

「為別人而死是最愚蠢的。」

爾後，西萊絲特根本來不及反應，奧蘿拉手中那把巨型鐮刀的刀鋒已朝她的脖子揮去，她的輪椅猛地往旁一摔，整個人跌坐在地。她以手臂支撐起身體，抬頭便見到伊凡手裡也拿著他的鐮刀，擋下奧蘿拉的攻擊。

「喂，奧蘿拉。」伊凡面情慍怒，「妳真的很想再死一次嗎？」

趁著兩人對峙時，斯帕克慌張地趕到西萊絲特身邊，蹲下身檢視她擦破皮而淌血的手肘，「西萊絲特，妳沒事吧！」

「沒事的，只是小傷而已。」女孩試圖讓對方安心而微笑。

伊凡以餘光確認後方兩人的動靜，接著冷笑了聲，「還是要我也殺了妳的委託人？反正妳不就最愛幹這種事嗎？怎麼，小夥子長得帥體力好就捨不得殺了？」

奧蘿拉憤恨地反咬著下脣，細長的鞋跟深深嵌入地面。她知道伊凡說到做到，更何況自己完全不是他的對手，原本是想靠出其不意來取走少女的性命。

她心有不甘地收起鐮刀，狠狠瞪著伊凡道，「你明明知道我是為他們好。」

「天堂可真缺妳這種人才。」

伊凡譏諷地笑著，但見對方已經沒有威脅性，緊握在手裡的鐮刀也跟著消散。

接著奧蘿拉手指向西萊絲特，嘶吼道，「還有妳！」

「妳會後悔的。」她瞪向被嚇得正襟危坐的西萊絲特再次道，「妳，絕對會後悔的。」

伊凡嘖了聲，覺得似乎還有出動鐮刀的必要。可他才剛舉起手，斯帕克便衝到兩人之間，一邊陪笑地朝伊凡道歉、一邊攬著奧蘿拉離去。看著兩人漸趨縮小的背影，還癱坐在地上的西萊絲特陷入深思。直到伊凡走向她，翻正輪椅、將她抱上去。

在伊凡要起步前，西萊絲特轉頭注視著他開口。

「伊凡先生，請告訴我，什麼是第五條條約？」

她的口吻堅決，眼神毫無動搖。

看著這樣的西萊絲特，伊凡那張冷峻的顏面深不可測。他亦是沒有迴避，直率地注視著少女。

「妳能相信我嗎？」伊凡問道。

「相信。」西萊絲特根本沒思考就回覆。

伊凡笑了，他安撫地摸了摸西萊斯特的腦袋道，「那就別問了，時候到了妳就會明白。」

因剛才那場打鬥，他們好不容易買齊的食材全散落一地。伊凡認命地收拾乾淨，連帶那朵百合花，一併放回西萊絲特的膝上。

西萊絲特捧著花，以指尖撫去花瓣上的灰塵，深吸了一口。

「我沒想到，斯帕克居然也會想尋死呢。」西萊絲特眼神茫然地看著花蕊呢喃，「他明明看起來是那樣的快樂。」

伊凡低頭瞥了西萊絲特一眼道，「在他眼裡，妳也很快樂。」

「我們總是從地獄裡仰望著天堂裡的人，卻不知道天堂是另一個地獄。」

西萊絲特又笑了，伊凡說的話總是這麼一針見血。

「那麼你快樂嗎？伊凡先生。」

「吃飽睡，睡飽吃，快樂似頭豬。」伊凡吹著口哨、推著輪椅往回家的方向前行。

西萊絲特笑道，「呵呵，能認識伊凡先生，我也很快樂呢。」

「當痛苦有了期限，每天自然都會是快樂的。妳現在會覺得快樂，是因為過幾天就能死了。」伊凡聳了聳肩回應。

西萊絲特垂下頭，苦笑道，「也許是吧。」

10【花椰菜】

回到家後也差不多是晚餐時間了。

西萊絲特著手進行備料，原本在一旁幫忙的伊凡，見到她拿起花椰菜後，神色鐵青地嚷著他實在不想看到這麼殘酷的場面，於是跑去後院抽根菸。

僅剩少女一人在流理檯前，露出甜甜的微笑。

用可愛來形容伊凡先生似乎不恰當，該說是風趣吧？

正在切著花椰菜的西萊絲特，滿腦子都是她的死神先生伊凡，一不留神，讓鋒利的菜刀劃傷了手。

她愣怔地看著指腹上渾圓的小血珠，傷口不疼，就是有點麻。西萊絲特總算意識到一個問題。

在她自殺後，還能再次見到伊凡先生嗎？

她害怕詢問，也害怕知道答案，更害怕伊凡依舊什麼都不回答她。細小的血流沿著白皙的肌膚蜿蜒到掌心，讓她的後頸泛起一層薄薄的雞皮疙瘩。隨著七日的期限將近，她沒來由地感受到一股恐懼，不確定是不是針對於死亡。

烤箱預熱好的鈴聲「叮」的響起，西萊絲特猛地回過神來，慌亂地伸手要拿取食材時差點摔跤。她深吸了幾口氣，手指緊抓著桌緣強迫自己鎮定下來，接著有條不紊地替花椰菜鋪上厚厚的起司絲，最後總算放入烤箱中，可手指還是沒有停下顫抖。

「結束了嗎？」

當戴著隔熱手套的西萊絲特從烤箱拿出烤盤時，伊凡正站在她後方。過近的距離下，男人身上的菸草味讓少女臉頰莫名紅潤。

伊凡看著那盤花椰菜，做出鬼臉發出作嘔的聲響。一點都不像他所說的，至少活了兩、三百年了。

將最後一道料理放上餐桌，西萊絲特雙手緊握著默念。而坐在她對面的死神則是兩手插在西裝褲中，整個人靠上椅背。莊嚴這個詞距離他至少有一個光年之遠。

結束禱告後，西萊絲特叉起一朵花椰菜放入伊凡的盤子，笑道，「伊凡先生快嚐看看，真的很好吃喔！以前我弟弟挑食的時候，我也都是用這個方式。」

伊凡皺著眉，在西萊絲特那雙期待的大眼之下，只能勉為其難地咬下一小口，接著誇張地吐出。他拿起桌上的酒瓶猛灌下好幾口，爾後朝西萊絲特瞪視。

「妳要想清楚，小美人。要是毒殺了我，妳可就沒保鑣了。」

「嗚，抱歉。我沒想到伊凡先生這麼反感。」西萊絲特試著解釋，「但是我弟弟真的很喜歡喔，所以我以為……」

伊凡忍不住潑冷水道，「妳的人生除了妳家人，還有什麼？」

西萊絲特頓了頓，爾後抬頭看向對方。那是個淒涼哀痛的苦笑，「沒有……了呢。」

空泛與困惑再度襲捲上身，她覺得自己的靈魂正被某種難以言語的東西一點一滴地吸乾，狠狠地將腦海中那好不容易尋到的一點點輪廓抹殺殆盡。然後西萊絲特發現她不顫抖了、不覺得恐懼了。目光安詳地平視著男人。

「什麼都沒有了呢。」

伊凡沒再說話，將盤子裡的肉塊大口塞入嘴裡。

身為死神，他看過太多千奇百怪想死去的理由。但像西萊絲特這種根本沒為自己的人生活過，便決意要結束一生的人，簡直……

「小美人，妳還是處女吧。」

「伊、伊凡先生，你突然說什麼呀！」

原本握在手裡的刀叉差點從手裡滑落，西萊絲特慌亂地握緊，不可思議地看向對面一派悠閒說出這句話的男人。

「妳這傢伙也真夠可憐。」

伊凡大嘆了口氣，他起身，手臂撐著桌子，傾身越過小小的四方餐桌，一張充滿男人味的臉龐逼近臉頰通紅的西萊絲特。

「不過別擔心，今晚我會帶妳好好玩玩的。」伊凡在她額頭上飛快一吻，壞笑。

「反正都要死了，對吧？」

說完，伊凡表示他已經吃飽了先回房休息。還再三叮嚀西萊絲特，今晚十點，洗好澡去他房間。

遙遠處傳來房門闔上的聲響，餐桌上，留下還沒回過神的西萊絲特，以及一盤冷掉的起司花椰菜。

11【跳舞】

這真是太荒謬了。

關於提出這句話的伊凡，還有果真在十點時洗好澡來到他房門前的自己。

西萊絲特平視眼前的門把，吞了口唾沫。她的手舉起打算要敲門，可沒多久又放下。

不行……她果然還是做不到。

西萊絲特的手重新握上手推圈，調轉方向正要離去，沒想到眼前的房門從內開啟，西裝筆挺的伊凡挑眉看向她。

「都來了怎麼還不敲門？」

「伊凡先生……那個……果然還是太……」

瞧西萊絲特一句話說得亂七八糟，伊凡壞笑道，「哎呀——別這麼緊張嘛。走吧，出發了。」

「咦？」

西萊絲特一愣，而伊凡推著她的輪椅從後門離開，在一片寂靜的夜色中前行。

「伊凡先生，我們要去哪裡？」西萊絲特不解地問道。

「不是說了要帶妳去玩嗎？」伊凡反問，接著又補了句，「當然，結束後妳要來我房裡繼續玩，我也很樂意。」

聽見身後伊凡的笑聲，西萊絲特這才醒悟自己多半是被對方耍弄了。她無奈地笑了，放鬆下來後往後靠上椅背，夜晚的溫度只有寒冷，幸好伊凡有替她準備一件厚重的披肩。仰視著寬廣的天際，似乎是因為在郊外，每顆星點都特別明亮。

「好漂亮啊——」西萊絲特輕喃。

伊凡隨著女孩的視線往上空瞥了一眼，爾後繼續看著前方，「嗯，很漂亮。」

最後他們在一扇老舊的木門前停下，伊凡以指關節敲了三聲，劇烈晃動的門板讓西萊絲特懷疑它是否會瓦解。

在那之前，有個高大的男人打開了門，讓他們進去。

昏暗曖昧的橘紅色光線下，西萊絲特首先見到一座圓形舞池，裡頭約莫十幾人在跳舞，男女皆有，多為打扮俏麗的二十來歲年輕人。稀稀落落的幾張木頭圓桌與高腳椅散落在舞池的四周，還有一座長形吧檯位在大門的正前方。

伊凡朝吧檯裡的酒保打招呼後，點了兩杯酒，他將其中一杯遞給西萊絲特，自己的則是一飲而盡。

「沒來過這種店吧？小美人。」

在伊凡轉頭又點一杯時，西萊絲特仍舊握著手裡的酒杯，眼花撩亂地看著眼前她從未踏足過的世界。一口酒都還沒下肚，她的心臟就撲通撲通地隨著強力的音樂節拍跳動。

「走吧。」

西萊絲特才喝下第一口，手裡的酒杯就被伊凡拿走放在吧檯上。

「咦？要去哪？」

「當然是去跳舞啊。」

伊凡抱起滿臉困惑的西萊絲特，少女還來不及害羞，就被帶入舞池中央。

「但我不會跳舞啊！伊凡先生！」西萊絲特慌張地抓著男人的肩膀道，「不、不對，是我無法跳舞啊！」

「沒事的，來。妳手抓好我的肩膀，腳放在我的皮鞋上。」

沉重又毫無知覺的雙腿踩上男人的黑色尖頭皮鞋，好幾次都要滑下來。伊凡索性摟住西萊絲特的腰，讓她整個人幾乎都貼上自己的胸膛。

像是抓著浮木，西萊絲特的手緊攀伊凡寬厚的肩膀，幸好她平時總是自己推輪椅，臂力算不錯。

播放的爵士舞曲是慢調，西萊絲特能感覺到伊凡移動的速度悠然，轉圈時裙襬微微盪起。迷離的光芒閃耀、酒精才剛開始發酵，所有的一切都讓人暈眩，失去平衡。彷彿有某一部分的自己正被抽離。

西萊絲特笑著，她抬眼看了眼伊凡後，蹭了蹭他的頸窩，那兒沒有古龍水香氣。

她想她是喜歡上這個男人了。

在她生命只剩三日的天數裡、在她還完全不了解他、在她即將把靈魂供奉於他的手心裡。

西萊絲特再次抬頭，看著他頷下的鬍渣，順著刀疤看入那雙鴿灰色的眼裡。當她發現伊凡也在注視著自己時，熱氣直撲全身。

西萊絲特轉移開視線，盯著自己將對方西裝抓皺的手。

「我有沒有抓痛伊凡先生？」

伊凡哼笑了聲，低頭親吻西萊絲特的額頭道，「沒什麼感覺。妳要再抓大力點也行。」

12【第五條條約】

雖然西萊絲特說她還可以再跳一首，但伊凡瞧見她的手臂因使力過度而肌肉顫抖，於是一把抱起她離開舞池。

「下回吧，小美人。」

回到吧檯前，被放回輪椅的西萊絲特垂下頭呢喃，「這是最後一回了……」

「下回。」

伊凡拿起酒杯遞給西萊絲特，以自己的酒杯撞擊她的酒杯後道，「我保證。」

少女的唇角含笑，她抿了一口酒，剛抬頭要看向伊凡，嘴唇就被對方吻上。

可就在此時，一道巨響與震盪打破了這片寧靜。

只見一個手持碎裂酒瓶的男人站在伊凡身後，玻璃碎塊與溢出的酒水全纏在伊凡那頭油膩的髮上，一道血流順著額頭留下，他的濃眉眨也不眨。

「伊、伊凡先生！」

回過神來的西萊絲特恐慌地掏出手帕想為他擦去臉上的酒水與血水，伊凡卻抬手制止，他轉過身，便見到身後滿臉憎恨的男人。

「伊凡．曼加諾……我總算找到你了！納命來！」

對方大吼一聲後，便倏地撲來，而伊凡僅是無奈了嘆口氣，「現在的年輕人都很不會看氣氛和場合啊。」

語畢，他單手架開對方的拳頭，一把揪著他的衣領將他提到酒吧外頭，狠狠地拋在地上。伊凡蹲下身，點燃一根香菸叼在嘴裡，看向哀號的男人，面容有絲狠勁。

「喂，沒看到我在跟我家小美人約會嗎？咦？你是……」

看著男人顫抖的身軀緩緩抬起臉龐，伊凡嘴裡的菸險些落地。

深邃的五官與濃密的眉宇、令人印象深刻的絡腮鬍，他是個拉丁人。

「伊凡先生！你沒事吧！」

倉皇從酒吧裡飛奔出來的西萊絲特氣喘吁吁，她驚恐地看著滿臉鮮血的伊凡與倒地呻吟的男人，視線在他們兩人之間來回逡巡。

「嘿，我沒事，小美人。回去把妳那杯酒喝完吧，我等等就過去。」

這間酒吧的前門只有階梯沒有坡道，西萊絲特手握著輪圈，想要趕到伊凡身邊。可對方看起來是希望她置身事外，沒有走過來幫她。

倒地的男人緩緩支起身，沒有完全站起。他渾身顫抖、抱頭苦痛的呻吟。

「為什麼……為什麼不告訴我第五條條約的事！要是知道自殺以後會變成死

神，我死也不會簽下那該死的條約了啊！」

男人的話令西萊絲特錯愕，她看向一臉沉默的伊凡。

原來自殺後是會成為死神的嗎？那麼伊凡先生他……

「是啊，我怎麼就忘記說了呢。」伊凡蠻不在乎地聳肩。

男人看著自己磨破皮而流血的雙手，狠捶著地面道，「沒有……什麼都沒有！作為死神這樣虛無飄渺的靈體，永世不能投胎，只能迴盪在永無止盡的黑暗與沒有時間的鐘擺之間，完全不知道自己是不是真實存在著。即便接獲任務而有了軀殼與下凡的機會，卻是副感受不到溫度、嚐不出食物味道、沒有睡眠必要，只留下需要的聽覺與視覺，簡直就只是個傀儡般的身軀。永遠渾渾噩噩的徘徊在人間與死神界中！」

他所說的話讓西萊絲特震驚地摀住嘴，她再次看向滿臉鮮血仍無動於衷的伊凡，一股難以言語的悲痛讓淚珠在眼眶裡打轉。

「自殺……自殺從來就不是解脫。我們總以為自殺是解脫，可我們結束的是性命，卻不是痛苦。明明我們最想擺脫的就是痛苦啊！」男人悲憤地喊道，「為什麼！這樣的你還要吃飯、喝酒、睡覺？明明……明明什麼都感受不到的啊！這根本就是地獄的輪迴，才不是解脫！」

男人精神錯亂地仰天對地怒吼痛哭，最後瞪視著伊凡，手指向他，「你！都是你的錯！」

「對，是我害你變成這樣的。」伊凡坦率地承認，「不過你不再多想想幾個更傷人的詞來罵我嗎？現在力道未免也太小了吧？」

看著始終玩世不恭的死神伊凡，男人呢喃，「我，殺了我的委託人了。」

「你要如何心安理得地看著那些人與你步入同樣的地獄裡？」

13【謝禮】

憤怒是唯一讓男人再次支撐起身體的動力，他掏出鐮刀衝向伊凡，而後者反應不及，只能舉起雙手企圖擋下衝擊。

「不行！」

一道撕心裂肺的嗓音從他們的下方傳來，原本在臺階上的西萊絲特，不知何時靠著自己的雙手爬到鬥爭的兩人身邊。她死命地抓著男人的褲管，覺得全身的血液都要衝破血管，這是西萊絲特有史以來頭一回感受到「生存」。她不再是那個對什麼事情都抱持平淡態度的女孩，第一次產生這麼堅定的自我意志。

男人因西萊絲特的偷襲腳步踉蹌，平衡不穩連帶揮刀落空，而伊凡趁此同時，飛快地抽出腰間小刀，深深捅入男人的心臟裡，龐大的身軀於是應聲倒地。

西萊絲特看著沒半點動靜的男人良久，輕輕開口，「他……死了嗎？」

伊凡一把將西萊絲特拉入懷中，拍著她的腦袋安撫，「沒事，死神在人間若是軀體意外死亡，靈體只會被遣送回死神的世界而已。」

「那個更為痛苦的世界嗎？」

西萊絲特邊問邊緊抓住伊凡的身軀，明明這個人，是真實存在的啊。

她分不出那個男人說的話是否是真的，那個吵著不吃花椰菜、陪她歡笑、帶給她熱度的身軀，都僅是……虛假？

西萊絲特沒來由地哽咽，胸口像是被千斤重的石塊狠狠壓住。她抓著衣領大口大口地喘氣，卻依舊撫平不了從內心深處不斷竄出的苦痛。

「伊凡先生你……」

「對了——我還沒給妳救了我的謝禮啊。」

向來輕浮的嗓音打斷西萊絲特的話語，伊凡笑著鬆開懷抱。

「後天，要由我來殺了妳嗎？」

含笑的雙眼卻無一絲笑意，看不清藏著什麼情緒，「這可是只有對妳的特別優待啊——我平常可是很討厭殺人的。當然，妳想要別的禮物也可以。」

西萊絲特仍舊雙眼泛淚地看著對方，想問出口的話梗在喉頭。

為什麼……當初要自殺呢？

她一開始還自以為是地向對方說「看來伊凡先生是有找到自己的人呢。」現在她只覺得既慚愧又後悔。西萊絲特不認為自己有救到伊凡，她永遠都無法救贖他那條自行了結的性命，他們都在人生這條道路上迷航太久了。

而她也知道伊凡不會回答自己，兀自擦乾淚水後道，「真的要什麼都可以嗎？」

「我看起來像是說話不算話的輕浮男人嗎？」

聽到對方埋怨的口吻，西萊絲特不自覺地噗哧笑出聲。

「那麼我希望我的弟弟能夠康復。」西萊絲特淺笑道，「還有……希望我的家人們能夠忘記我。」

伊凡愣愣地看著西萊絲特，「妳確定要這樣？」

「嗯。」沒有猶疑的答覆，「我只要他們幸福就夠了。而且……」

西萊絲特將耳朵靠在伊凡厚實的胸膛上，聆聽他強勁的心跳聲，「總覺得忘了伊凡先生似乎蠻可惜的。」

伊凡詫異地看著西萊絲特伸手環抱住自己，他感受不到，他僅能憑想像與久遠的記憶尋思。那是個多麼溫柔、溫暖的擁抱。明明什麼也感受不到，他卻清楚地知道有一道曙光，打亮自己一直以來混沌的世界。

「我會陪在伊凡先生身邊的，無論你需要什麼。」

少女如同晨曦般，耀眼地宣誓。

回到家已經是凌晨了，兩人各自回房洗澡準備就寢。就在西萊絲特將梳子放上梳妝台，正要上床睡覺時，房門突然傳來叩擊聲。

她才剛轉身要去應門，伊凡便自行開門走入房間。他一句話也沒說，一把抱起輪椅上的西萊絲特，不顧對方驚慌失措的掙扎，些許粗暴地將少女扔上床。

隨後他急不可耐地吻上那雙嫩脣。

在鬆開嘴時，西萊絲特羞紅了臉推著伊凡道，「嗚嗯……伊凡先生，你做什麼？」

「不是說我需要什麼妳都會給？」

伊凡邊脫掉上衣露出結實的體魄，邊伸手攬住打算逃下床的西萊絲特，又將那嬌小的身軀翻上床，欺身壓制。

身上的衣物一件件被剝去，可溫熱的肌膚之親總是比冷冽的空氣早一步貼近，乳尖被揉捏，纖腰被愛撫，滾燙的熱吻一寸寸往下游移。

伊凡看著氣喘吁吁的西萊絲特壞笑。

「放心吧，婚禮需要用到的紅酒我多的是。」

14 【捨棄】

「嗯……」

裹著純白色被單的西萊絲特懶洋洋地翻身，她難得會這麼賴床。當頭下被她作為枕頭的東西挪動時，她迷糊地睜開眼。轉瞬間，眼皮便被一個軟嫩的觸感抵住，只好又闔上。

「再睡一下吧，小美人。」

低沉的嗓音使西萊絲特驚醒了幾分，她猛然抬起頭，發現自己竟蜷縮在伊凡的懷裡，兩人的臉龐極近，吐息交纏。

而見到西萊絲特錯愕的神色，伊凡僅是老神在在地笑道，「早啊。有哪邊痛的嗎？」

西萊絲特還張著嘴、啞著嗓子說不出話來，尤其是見到兩人還是肌膚赤裸、緊緊相貼的狀態。而伊凡起了玩心，一把攬住對方不斷退縮的身軀，箝制於懷中。

「妳不說，我只好檢查一下囉。」

「我、我沒事的！伊凡先生。」西萊絲特慌忙推開對方，接著低下頭赧然道，「倒不如說……是個，很、很不錯的體驗呢。」

這回換伊凡頓住了，這小傢伙簡直比妓女還會誘人，他低吟了聲，「妳再說這種話，我真的會讓妳下不了床。」

「欸？」西萊絲特錯愕地抬起頭，一臉無辜地看著對方。

「算了，再躺一下吧。早餐弄好就來叫妳。」

伊凡撿起地上的褲子套上後，晃悠悠地走向門口，而西萊絲特看著對方的背部還印著自己鮮明的抓痕，臉頰又是一陣熱疼。

雖說是早餐，其實兩人起床的時間已經是下午了。

伊凡出門外帶了些食物，回來時西萊絲特早已煮了一鍋熱湯在等他。

兩人坐上餐桌用餐，看著伊凡津津有味地啃咬著雞腿，西萊絲特雙手捧著臉頰坐在餐桌對面凝視，總算明白對方異常大的食量從何而來。直到現在她還是不敢相信，眼前這個總是嚷著再添一碗飯的男人，竟嚐不出任何味道。

他曾徒手端出烤盤、曾說過要把握花期品嘗芬芳、曾在她的手緊抓住自己的肩膀時，要她抓得再用力些。

過往稀鬆平常的每一句話，在理解後頓時都令人心如刀割。

西萊絲特伸手，輕輕地覆在伊凡的手背上，面容悲傷地蹙眉。

「伊凡先生……真的什麼都感受不到嗎？」

伊凡看著那雙白皙的手，他推開，拿起餐刀抵住自己的掌心，「妳若是要我再表演一次的話，要喊安可。」

「不、不用的！請住手！」西萊絲特趕忙阻止對方，「我……只是很難相信伊凡先生是沒有感官存在的。」

伊凡放下刀，大笑道，「哈哈，怎麼樣？我這演技拿個奧斯卡獎沒問題的吧？」

西萊絲特看著碗裡酸甜的番茄與鬆軟的馬鈴薯，凝視了許久。

「總覺得好殘忍……」西萊絲特道，「奪去死神的感官。」

「並不是剝奪。」

伊凡喝了一口湯，嘖著嘴道，「妳要有一個認知，小美人。當妳決心要自殺的那一刻，這一切都是妳自己捨棄的。」

這句話沉重地打在西萊絲特的心上，她覺得自己就像是小時候做錯事等著挨罵的小孩，手腳冰冷、心跳不自覺地加速。原本麻木的知覺被喚醒，總算認清了現實。

是啊，是被自己所捨棄的。

「為什麼伊凡先生不告訴委託人，第五條條約的事？還有死神的世界是這麼的……痛苦。」

「如果我說人生很美好，妳會繼續活下去嗎？」

面對伊凡的反問，西萊絲特一愣。她試著去思考，若有人對她說自己現在的世界比死後的世界還美好，她確實不會相信呢。

伊凡見到西萊絲特沉默下去，又道，「我們只會覺得當下才是最痛苦的。」

西萊絲特看著眼前的伊凡，試圖想像他眼裡曾浮現出什麼痛苦的畫面。

「我以前……」

伊凡的開頭讓西萊絲特聚精會神，「是會告訴委託人第五條條約的事。」

沒聽到預期中的故事，西萊絲特惋惜地垂下頭，可還是靜靜聆聽。

「就算知道了第五條條約、就算我怎麼嚇阻，他們還是毫不猶豫地簽下去了。事後才發現，竟然是親手將自己推入更為痛苦的深淵之中，於是崩潰。」

伊凡拿出酒瓶灌下一大口，眼神迷茫地盯著殘留食物渣的碗。過了片刻才又開口，「現在，他們至少可以怪在我頭上。」

「因為人類永遠學不會為自己的性命負責。」

15【感恩節】

今天是特別忙碌的一天。

西萊絲特一大早便起床備料，而伊凡好幾次外出替她購買所需的食材。

畢竟今日是感恩節，以及……他們的最後一頓晚餐。

「伊凡先生。」

當西萊絲特發現伊凡又打算不戴任何防備地從烤箱拿出烤雞時，她嚴肅地叫住對方。

伊凡趕忙舉起雙手做出投降姿勢，「緊張什麼，我可還沒碰到。」

西萊絲特無奈地嘆口氣，只要稍微不盯住這個男人，對方就會做出危險的舉止。瞧少女略為不悅地嘟起嘴，伊凡低頭，討好似地親了下她的嘴唇。

「哎——別嘆氣了，小美人。明天過後，妳嘆氣的機會多的是。」

撫摸著自己的嘴唇，西萊絲特無奈地笑了。

是呢，在明天自己死去以後，就得永遠陪在伊凡先生身邊了。

是如此苦惱的，卻也是甜蜜的。

傍晚時分，大門傳來重重兩聲扣擊。伊凡前去應門，看著門口手裡空蕩蕩的女人，又把門甩上。

「喂！伊凡．曼加諾！哪有人邀請別人來，又把門關上的！」

面對奧蘿拉的指責，伊凡冷聲道，「去別人家拜訪卻沒帶任何酒來？還有，邀請你們的是我家小美人，我可一點都不想。」

想起昨晚兩人躺在床上準備就寢時，西萊絲特說到想邀請奧蘿拉和斯帕克一同度過感恩節。聽到這，伊凡的心裡可沒半點感恩之意。

他翻身，給了西萊絲特一吻打斷這個話題。可卻沒想到越吻越投入，最後乾脆一把將西萊絲特抱起，輕鬆地就像是在拎小貓般拐入懷中。

「嗚……伊凡先生，請先回答我。」西萊絲特不斷閃躲掙扎，又捶又打著對方。

「沒用的。」伊凡壞笑，接著含住西萊絲特的耳垂使她的身軀一顫，「我跟妳不一樣，感受不到這些的啊，妳忘了嗎？」

這答覆雖是占上風卻又無比哀戚。

好吧……就著昨晚，他確實該忍下這些小事。畢竟昨晚西萊絲特的呻吟該死的美好。

伊凡妥協地再度開門，但不改那張鐵青的臉色。

四人圍繞著餐桌就座，桌面上最平凡的菜色是焗烤羽衣甘藍。淋上濃稠肉汁醬的馬鈴薯泥冒著白煙，還有一整隻塞滿蔬菜和水果、外皮烤的酥脆恰到好處的火雞，湯品是蘑菇濃湯，點心除了南瓜派也有胡桃派的選擇。豐盛的菜餚頓時讓桌子顯得渺小，斯帕克體貼地起身為大家切開烤雞，開啟今日的晚宴。

「你們有想好明天要怎麼死了嗎？」

奧蘿拉是喝著紅酒說出這句話的，口吻就像是在詢問明天的出遊地點。

「我們家小星星說要在浴缸裡割腕自殺喔。」奧蘿拉嫵媚一笑，指尖撫過斯帕克的手背，而斯帕克回她一個柔情的淺笑。

伊凡一副作嘔的表情道，「這什麼噁心的情趣，以為是定情物嗎？」

瞧西萊絲特滿臉茫然，斯帕克在旁補充，「奧蘿拉小姐當初就是在浴缸裡割腕自殺的。」

「所以啊——小美女。」奧蘿拉那雙如狐狸般嫵媚的雙眼看向西萊絲特，「若妳也想這麼浪漫的話就往自己的腦袋開一槍吧，雖然我更想砍下妳的腦袋就是了。」

那雙瞇細的紫眸仍舊閃著殺意，看來對方還沒放棄。伊凡冷嘖了聲，一腳踢向對桌奧蘿拉的椅子。力道之大，要不是一旁的斯帕克眼明手快地出手扶住椅背，她早已摔下椅子了。

「該死的長舌婦，不要逼我把妳的眼睛也挖出來。」

「紳士點！伊凡．曼加諾！」

奧蘿拉氣惱地拍桌起身，拿起餐盤裡的叉子就往伊凡身上戳去。而對方手肘撐著餐桌，也不打算起身，慵懶地以手裡的餐刀迎擊。兩人一來一往幼稚地打鬧，雙方的委託人則是露出習以為常的苦笑。

他們有預感，未來的好久好久，都得看著類似的場景。

16【動搖】

在離開前，斯帕克替西萊絲特將碗盤都清洗乾淨，放入烘碗機中，即便少女在旁慌著阻止。

「沒事的。」斯帕克眨了眨眼，「下回再輪給妳洗吧。」

聽著斯帕克口中的下回，西萊絲特微愣，而後淺笑，「好的，下回。」

送走奧蘿拉他們以後，西萊絲特還佇在門邊，夜風灌入屋內惹得人起雞皮疙瘩。她看向一旁正抽著菸的伊凡，發現他單薄的襯衣下，頸子也泛出細微的疙瘩。

西萊絲特不自覺地伸手，牽住伊凡垂在大腿邊的左手，雙手緊握。

好暖和。

「怎麼了嗎？」

當伊凡這麼詢問時，西萊絲特一度以為他感受到了自己。卻發現伊凡是在低頭看見他們相牽的手後，才決定支配自己的手指回握住她的。

「我……不知道自己有沒有辦法做到像伊凡先生這樣的……自然？」西萊絲特總覺得自己這話說得不夠確實，可一時又不知該如何形容。

「久了就會習慣。」

伊凡聳了聳肩，拿開嘴裡的香菸時是以指腹捏住燃燒的菸頭，順勢捻熄。什麼也感受不到，只剩內心永無止盡的苦痛。

很快的，她也會成為這樣的存在吧？

「好了、好了，小美人。別想這麼多。」伊凡伸手搭上西萊絲特的輪椅握把，將她推回屋內關上大門，一路走到後門，「我有個想去的地方，就陪陪我吧。」

西萊絲特沒有過問伊凡想去何方，無論這男人想去哪，她都甘願如影隨形。可當路途漸漸熟悉，兩旁的景色清晰可見，西萊絲特甚至可以預測到下一個轉角會看到怎樣的光景。這是她放學回家時必經的路。

那棟紅磚房子前院中綻放的玫瑰永遠是鵝黃色的，是她母親的最愛，只是她已經很久沒有看見它們盛開了。

西萊絲特看著嬌豔的玫瑰花，再看向階梯、大門、門環。她雙手顫抖地扶著扶手起身，跨出一步，無法踩住地面的她不慎倒地。這沒有影響到西萊絲特，她以掌心匍著粗糲的水泥地，拖著半殘的身軀前行。

看著少女狼狽地爬向曾經是家的地方，伊凡沒有阻止，也沒有伸出援手。僅是在一旁默默地看著，面容若有所思。

驀地，一顆顏色鮮豔的小皮球從院子裡滾到她身邊，接著是一名有著與西萊絲特同樣髮色的小男孩咚咚咚地跑出來。

小男孩看著西萊絲特，眼裡有絲畏怕與好奇，他眼巴巴地盯著小皮球，卻不敢靠近。

猶豫了許久，才伸出手指指著西萊絲特手邊的球道，「女士，能請妳把球丟還給我嗎？」

西萊絲特看著他，她嚥下了口唾沫，將差點喊出的名字吞回肚裡。接著拿起球，輕輕地丟過去。

「拿去吧，下次小心點喔。」西萊絲特微笑道。

小男孩還來不及道謝，屋裡就傳來一道女性嚴厲的嗓音，「狄恩！我不是說過不許在晚上出來玩！」

狄恩一聽到母親的訓斥，趕忙抱緊小皮球飛也似地溜回屋裡，在關上門前，偷偷地朝西萊絲特揮了揮手。

直到所有的動靜都沉默，街道再度冷清，皮鞋走向西萊絲特的跫音格外響亮。

伊凡低頭，看著西萊絲特那雙大眼盯著眼前的家門，自始至終都沒移開過。

「想進去嗎？」他問道。

「伊凡先生。」少女停頓了一下，才又開口，「為什麼……要帶我回來呢？是為了讓我動搖嗎？」

她的話裡充斥著哽咽，刻意地把頭仰起好讓眼淚落下的不這麼迅速、不這麼可悲。當伊凡詢問她是否想進去時，她一度差點讓內心最深層的慾望脫口而出。但西萊絲特知道不行，她是真的沒辦法這麼做。真的沒有辦法再若無其事地活下去了。

這些日子裡，她是很坦蕩的去把自己的心剖開來看過了，空無一物。她的人生空蕩的就連蚊子振翅都能產生嘹亮的回音，她甚至覺得和伊凡相處的這六天就足夠撰寫完她的一生。是的，和一個死神。除此之外，她在這個世界上遍尋不著自己的足跡，一個棲身之地。

即便這幾日下來，她的心底確實生出了那麼一點點的什麼，但她很清楚那遠遠不夠，只要稍不留神、稍微鬆懈，又會被拽入深不見底的空泛之中。

那是填不滿的。

為了家人不過是個完美又動人的藉口。

「我一直都很討厭自己的啊……討厭這麼無聊、這麼矛盾、又這麼的反覆無常。」一開始她的嗓音很小，但隨著語速加快漸漸放大，「對什麼事都沒有熱忱，最後還成為這副無能為力的模樣，我有時候甚至覺得這就是上帝留給我唯一的路了。所以你告訴我，我是誰啊？我為什麼又憑什麼要活下去？我還能怎麼辦……我真的找不到啊……」

在沉靜的黑夜裡，有一種寂寞與悲痛隨著少女的嘶吼碎了滿地，她自暴自棄地拾起地上的石塊敲打自己的膝蓋，聽見骨頭喀喀作響卻完全不感到疼痛，直到在最後一下被誰給拉住了。

西萊絲特以為她會在伊凡的臉上見到同情，但那個在她身邊蹲下身的男人一句話也沒說，猛地一把將她攬入自己懷中，拍撫著她的背以及頭頂，也跟著擰緊了眉頭。

然後她聽見自己的哭聲，嚎啕大哭的那種。

17

【大海】

將手裡的小白貓遞到女孩手上，看著那軟嫩的臉頰露出笑意，西萊絲特亦是輕淺地笑著，即便她的雙眼仍舊略為浮腫。

「請替我好好照顧牠。」

在得到女孩的點頭後，西萊絲特這才安心地揮了揮手。

再見了。

不遠處傳來一道喇叭聲，只見伊凡靠在一輛黑色轎車上，右手伸入敞開的車窗，按下方向盤上的喇叭。

西萊絲特回頭，看向嘴裡叼著菸的伊凡，不自覺地笑了。她轉動輪椅，行向他，而伊凡也一步步朝她走來。

兩人在中間點交會時，伊凡將西萊絲特抱起，一路走向副駕駛座，甚至替她將安全帶繫上。

「謝謝，伊凡先生的服務很周到呢。」西萊絲特笑道。

伊凡邊將輪椅收起、放入後座，邊漫不經心地道，「是啊，最佳員工那一欄記得填我的名字。」

昨日，伊凡詢問西萊絲特想以什麼樣的方式死去時，看著對方久久無法定奪，甚至經驗老道地解說分析。

「基本上有死神在的話，就不必擔心會給其他人添麻煩。我會處理好的，畢竟也算半個神嘛。上吊的話屍體不太好看、臥軌的話容易收屍不全。我還蠻推薦吃安眠藥的。」

伊凡輕描淡寫的口吻就像是在推薦商品的商人，這樣的反差令原本鬱鬱寡歡的西萊絲特笑出聲。她瞇起眼想了想，還是嘆口氣睜開眼，就連在最後也不知道該如何收拾自己。伊凡仍舊滔滔不絕地提供建議，這時，一幅景色驀然在西萊絲特的腦海中展開。

「海。」

伊凡打住話語，看著說出這個單詞的西萊絲特。

「在出車禍的前一天，我們全家人一起去了海邊。」西萊絲特回憶著道，「那天，真的很快樂。」

伊凡聳了聳肩，沒有意見。

「到了——」

伊凡的叫喚聲使西萊絲特從沉思中回神，她搖下車窗，掃視身旁的景色。波光粼粼的水面印著海鷗的身影，隨著細碎白皙的浪花往岸上飄盪。

西萊絲特呆愣地看著眼前的美景好一會兒，才輕輕呢喃。

「好美呀——」

「嗯，很美。」伊凡看著西萊絲特，應道，「選得好。」

過於鬆軟的沙灘吞噬掉輪子，使伊凡推沒幾步便蹲下身，他煩躁地搔著頭看著深陷於沙地裡的輪胎。

「沒關係的，伊凡先生。我們就坐這兒吧。」

西萊絲特以雙臂挪動著身軀下輪椅，跌在柔軟、金黃的海灘上。他們離海的距離很近，浪潮幾乎要拍上身，浸濕裙襬。

「過來點。」

伊凡邊說邊捧住西萊絲特的纖腰，將她拉入自己懷中。他擁著她，頭枕在她的頭頂。凝望著海平面，誰也沒說話。

那樣的平靜與寧靜，讓所有躁動不安的靈魂都沉澱。

西萊絲特看著眼前一望無際的海平面，朗誦出她曾在某本書上看過的一首詩，詩的開頭就跟海有關。

《我，親愛的陌生人》

聆聽見浪波
撫摸到微風
仰頭
看盡一座森林的鬱蓊

於是說存在

我常在想
該如何界定，我
對於自己存在的確定性
生疑

靈魂是證據
還是皮囊
畫下一座宏偉的高山的筆
描繪不出
我

為什麼喜歡吃培根
為什麼喜歡在滾燙的沙灘上奔跑
直到腳底板起水泡

才要大笑

我永遠不懂你

我大聲咆哮
又說得細如蚊蚋
我這輩子都在學習與自己妥協
妥協
而非接納

我每天都在
失去一點點的我
獲得一點點的
別人，來成為我
活著
就註定被浩瀚的混亂以及不安掩埋

可是
我，親愛的陌生人
你還是要記得
前行
即便是嚮往
死亡

生命就是
重複著拆解與組裝的過程
而我們在這之間
不斷的熟稔與離別

「伊凡先生。」
唸完這首詩後，西萊絲特輕喚，她不必等到答覆也知道伊凡在聽。
「以前，我看不懂這首詩。如今我想我懂了一些，它說的沒錯，我們永遠不瞭解自己，一直都會是自己的陌生人。這一生，甚至到面臨死亡都是。你說呢？」

「喜歡吃培根那句我認同。」

聽到男人反射性的答覆，西萊絲特先是愣住，爾後開懷大笑，笑到眼角擰出淚來。她整個人往後，仰躺在伊凡的懷中。視野裡是一片寬宏的天際，她突然覺得這世界好大又好小，昨晚的一切都不值一提了。

西萊絲特揩著淚，視線看向他，「伊凡先生果然很不可思議、很厲害啊。」

抖著菸蒂的手一頓，伊凡看著燦笑的少女亦是笑了，他低頭親吻她的額頭。

「這種話我聽多了，不過就妳的最順耳。」

18【再見】

「好了，那麼就開始吧。我想我準備好了。」

西萊絲特雙眸堅毅地從伊凡的懷中坐起身，眼裡沒半點猶豫，有的盡是覺悟。她在柔軟的沙灘上移動身軀，爬向一波波襲來，企圖淹沒她的浪花。

可就在此時，她的身軀騰空而起。

抱著她的伊凡，拉起她的掌心翻開檢視，昨晚在水泥地上磨破皮的傷口遍布沙粒。

「不疼嗎？」伊凡小心翼翼地朝傷口吹氣，拂去髒汙。

西萊絲特這才後知後覺地倒抽口氣，瑟縮起雙手，「嗚……有點。」

「那很好，畢竟妳還活著。」

伊凡帶著她再度回到輪椅旁，邊指向一旁高處的懸崖道，「看到那個了嗎？死前玩一下自由落體也不錯吧，妳以後可就沒機會體驗了。而且高處的風景更美，別死得這麼無趣嘛。」

西萊絲特簡直哭笑不得，她再次坐上輪椅，由著伊凡將她往陡峭的岩壁推去，直到前方的路無法再讓輪椅前行，改由伊凡繼續抱著她走。

西萊絲特感受著那雙緊摟住自己的溫暖大手，努力地將它的觸感與溫度刻在腦海中。

正如伊凡所說，往後她僅能靠想像來維繫住兩人的觸碰。

抵達後，西萊絲特坐上懸崖邊，讓毫無知覺的腳垂盪在半空中。她俯視著海景，過高的深淵與強勁的海風使人頭暈目眩。

見到對方胡亂飛舞、亂糟糟的細髮，伊凡走上前蹲下身，為她撥開頭髮。

「別飛走了，意外身亡可不能算是自殺。我都打算替妳戴頭紗了。」

西萊絲特又是一抹無奈的苦笑，接下來的一輩子都要聽這男人的瘋言瘋語，真不知道自己能不能忍受。

她深吸一口氣，將勇氣凝聚於胸膛。接著毫不遲疑地撐起自己的身軀往前傾，準備縱身一躍而下。

「欸欸欸，等等！」伊凡慌忙地拉住對方，「太快了吧，不好好道別一下嗎？」

被拉回的西萊絲特感到困惑，她歪著頭回問，「嗯？反正很快又會再跟伊凡先生見面了吧？」

「不是我，是這個世界。」

健壯的臂膀緊擁住西萊絲特的肩頭，在寒風中頓時帶來一股暖意，使人眷戀。西萊絲特偷偷記下了他的擁抱。

伊凡仍舊擁著她，在她耳邊呢喃，「人生走這一遭，辛苦妳了。」

向來粗獷的話語很輕、很柔，落在耳畔時逼出西萊絲特眼眶裡的淚珠。她哽咽著，腦袋浮現出數不清的畫面，快樂的、痛苦的、平凡的。

那是她的人生，是她此刻下定決心要捨棄掉的生命。

淚水模糊了視野，下墜的飄渺感與軀體的失重反而更為鮮明。朦朧間，她見到伊凡一手夾著菸，另一隻伸直往前的手還未收回，他的掌心是向外的。

爾後，那張冷峻的臉龐笑了，「欸，西萊絲特。」

在她的印象裡，那是伊凡先生第一次叫她的名字。

「妳遲早會找到的。」

接著便是永無止盡的墜落感，以及聲嘶力竭的哀鳴。

在高空中，西萊絲特瘋狂地揮舞著雙手，試圖阻止身軀的墮落。渾沌的腦袋漸漸反應過來，她總算想起來，在最後——

伊凡沒有說再見。

意識到這點後，她睜大眼哭著喊道，「伊凡先生、伊凡先生——」

她拚命地伸長手，天真地想勾取高飛的海鷗。努力地、努力地，就像那些苟延殘喘，搏命生存的人般努力，為了自己而存在。霎時間，數以百計的念頭湧入腦海，她想起了自己不會游泳、想起海水倒灌入鼻腔的不適感、想起一本還沒看到結局的書、想起朋友借她的筆記本還在書包沒有還。然後她想起了呼吸的瞬間。

那每一個瞬間，都真真切切地活著。

當海平面漸漸在那雙藍色的眼眸裡放大，一股陌生卻又熟悉的感覺從後頸漫開到全身，她不確定那是什麼，恐懼？眷戀？懊悔？接著西萊絲特的腦袋第一次閃過這樣的念頭。

興許是每個殞落前的生命，都掠過的念頭。

她不想自殺了。

（End.）

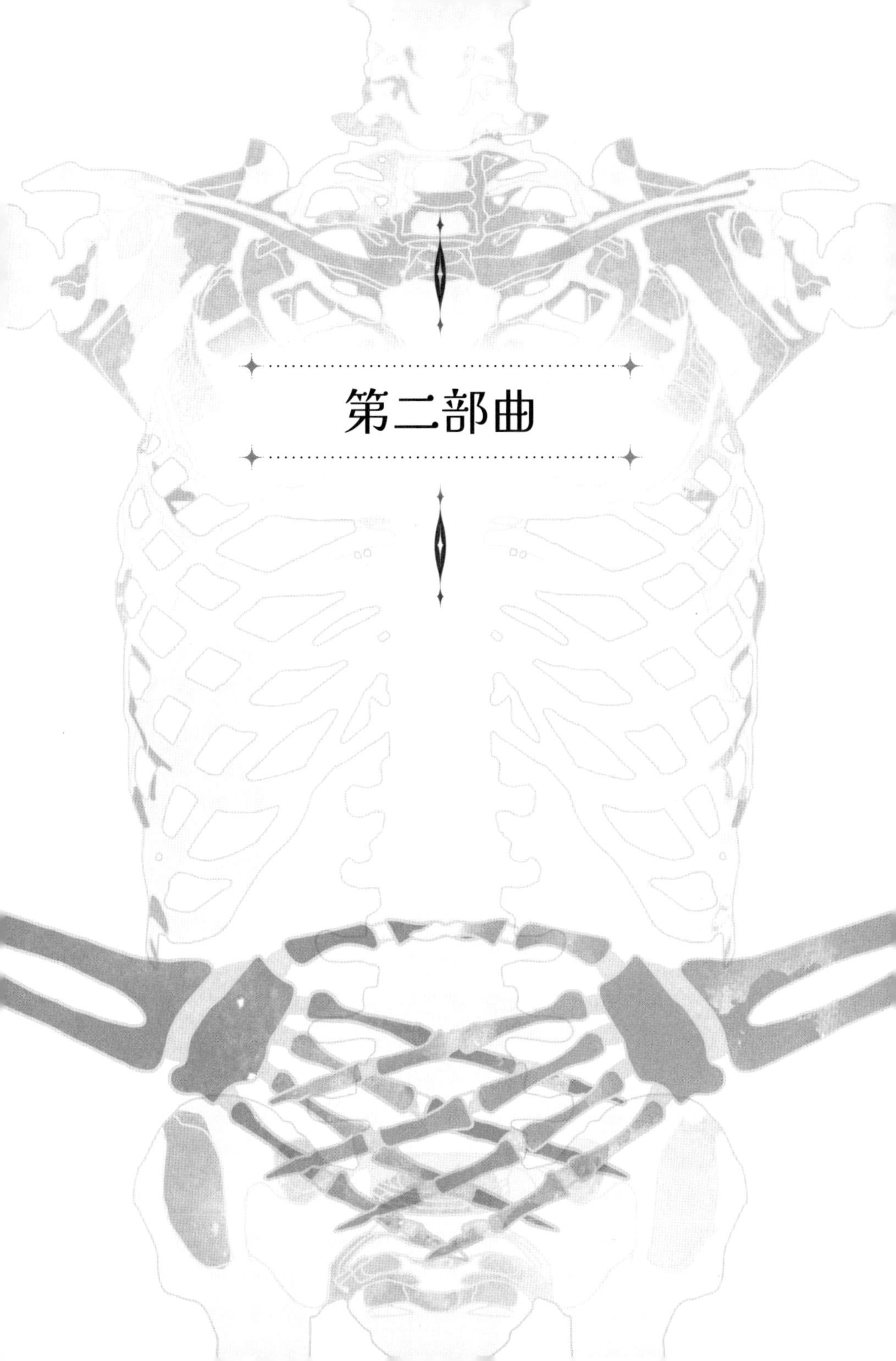

第二部曲

01【好了，你可以去死了】

餘暉漫遊於無邊的雲層之上，一點一滴將白雲渲染成暖橘色，蔚藍色的天襯托這般流光溢彩的夏季黃昏，卻沒人願意駐足欣賞片刻。

只有一位身穿白色制服的少年。

少年制服的左胸口以紅色針線繡著班級及學號，是鄰近國中學校的制服，紅色代表著三年級。右邊則是繡著「黃煒仁」三個字。

薰風迎來時吹起黃煒仁遮住右臉的大片長瀏海，昂起頭凝望天空的他任由髮絲亂舞，讓一張稚嫩的臉以及臉上大小不一的青紫色瘀青、腫塊攤在落日之下。

血跡已經凝固，知覺早已麻木。所以他得以將仰視的視野往下移，穿過一層層樹葉與電纜線，直達最硬實的人行道。

他眼神空洞地看著腳底下熙來攘往的行人，踩著高跟鞋的、駝著背的、嘻笑打鬧的。然後依稀間，他看見正中央躺著一具四肢斷折、腦漿塗地的屍體。

那是他。

腦袋一閃而過那樣的幻影，便讓他雙腿發軟。站在高度只到腳踝的外圈圍欄邊緣搖搖欲墜，好像只要風再大一點便能奪取他的性命。顫抖得太厲害的雙腳終於無法支撐住他的重量，讓他跌坐在地，手指緊抓著眼前矮小的防護欄。

「哈啊……哈啊……嗚……」

他大口大口地喘氣，掌心緊緊壓在左胸口感受心臟掙扎又奮力的脈動，再次生還的激昂讓他的眼角竄出暖意，接著淚水不受控制地噴湧而出。

「為什麼……為什麼……嗚嗚——」

黃煒仁縮起拳頭狠狠捶著地面，不知道是在責備想跳樓的自己還是沒有勇氣行動的自己。他像個嬰兒似地蜷縮成一團，身軀因哽咽而顫動著。

停下拳頭後的幾秒，這些字句才從他緊咬的牙縫中迸出，「為什麼……連這點小事都做不到……」

模糊的視野之中，他彷彿看到有誰在訕笑、睥睨，整個人被滿滿的惡意貫穿，胸口那股將滅的衝動又奔騰而上。黃煒仁探出頭，深墨色的眸子死盯著下方，現在是個好時機，正巧沒人經過。

但他尚缺一點膽識，或者是說，他一直以來都在盼著一場意外來救贖他。

就在他又打算為自己尋個開脫詞苟活時，意外就此發生。

「從這裡跳下去摔不死的，蠢材。」

身後驀然響起的冷言嘲諷令黃煒仁嚇一跳，他才剛要轉頭查看是誰，扶著圍欄的手卻打滑，整個人重心不穩地往前方栽跟斗。

「啊啊啊——救、救命啊！不要啊！」

少年驚慌失措地哭喊，拚命揮舞著四肢想要勾些什麼穩住身軀。可高樓強勁的風頓時形成一股強大的吸力，纏住他的上半身狠狠地將他往空中拽。

正當他連膝蓋也騰空，整顆頭準備直直往下俯衝時，他的後領猛地被人拉了一把，身軀倏地往後飛，在樓頂空曠的水泥平台上滾了幾圈才停下。

即便躺在扎實的平面上，黃煒仁仍舊心有餘悸地全身顫抖，連坐起身也難。只能仰視著一道徐徐走向他的身影。

第一眼，他先是訝異以那股怪力救了他的人，竟只是個四肢瘦弱的少年。他頂著一顆整齊的學生頭、戴著一副厚重的圓框眼鏡、不苟言笑，很明顯是全校校排前幾名的那種資優生。

接著黃煒仁發現少年也穿著學生制服，一件卡其色的襯衫配上黑色西裝褲，是北部某知名升學國中的制服。

他本是納悶為何這樣的人會出現在南部，尤其是不起眼的鄉下地方，可注意力很快便被對方左胸前的名牌吸引。

「蘇……鴻智？」

當黃煒仁叫出名字時，蘇鴻智很明顯地擺出一個嫌惡的表情，可他沒有多作表態，逕自抽出插在口袋的手，拿出一張折得四方整齊的白紙攤開，開始朗誦。

這是只有下定決心要自殺的人才會看見的死神與其契約書，委託人七天後註定會死去。身為死神，我將誓死捍衛您自殺的權利。

一、若委託人依約自殺，死神可收下委託者的靈魂，而委託者將永遠無法轉世。
二、若委託人由死神殺死，死神將無法獲得委託人靈魂，委託人會失憶後轉世。
三、若期限到了，委託人沒有自殺行為或是死神沒有出手，雙方皆會受罰身亡。
四、若死神阻擾委託人自殺，拯救過程中死神將會受罰且救援失敗，同歸於盡。
五、自殺成功之委託人將成為死神，日後必須依《死神指引書》執行配給工作。

「在這裡簽名。」

眼前的黃煒仁一臉錯愕與不解，腦袋還在亂哄哄地思考這莫名其妙的契約內容時，蘇鴻智已將一枝筆遞到他面前。

「快簽啊！是連自己的名字都不會寫了嗎？」

「啊、啊！抱歉！」

被對方嚴厲的嗓音嚇到，黃煒仁下意識地聽從指令，飛快地接過紙筆簽名。才打算要再細看一次上頭的文字時，白紙便被蘇鴻智奪走，也在上面簽了字。

蘇鴻智迅速地掃過文件，確認無誤後又把紙折回四方形收入口袋，接著緩緩走到剛剛黃煒仁差點跌下去的矮圍欄，指著下方，看著他，表情冷酷地開口。

「好了，你可以去死了。」

02【我想解除契約了！】

「什？什麼！」

這是黃煒仁反應過來的第一句話，他甚至驚惶到短短幾個字就嚴重破音。他不可置信地看著不遠處一臉嚴肅的蘇鴻智，對方絲毫沒有玩笑意味的眼神讓他打了個冷顫。

見到黃煒仁那副畏畏縮縮的蠢樣，本就沒什麼耐心的蘇鴻智忍不住破口大罵，

「你是耳聾了嗎？快給我過來跳下去啊！你不是想自殺嗎？那就不要再浪費我的時間了！快去死啦！」

蘇鴻智那雙瞪大的眸子只差沒有射出利刃讓他當場斃命，可看著對方稍微像個人一樣失去理智，反而讓懵了好半晌的黃煒仁鎮定了下來。

整顆腦袋有太多疑惑，但令他最訝異的是……

「從、從來沒有人對我這麼說過。」

「什麼？」蘇鴻智不解地皺眉。

「我說，從來沒有人像你這樣鼓勵我。」黃煒仁說著也覺得自己的話奇怪，心虛地降低音量，「雖然他們都叫我去死，但沒人像你這樣明確……啊……你懂我的意思嗎？」

蘇鴻智冷道，「不懂。」

他彎起食指，以第二個指關節將鼻梁上的眼鏡推回去，夕陽在兩面鏡片上一閃而過一道金光，蘇鴻智人已重新站在黃煒仁的跟前。黃煒仁甚至還沒來得及被嚇到，少年冰冷的嗓音便再度於耳邊響起。

「你到底要去死了沒？」

「哇啊！不、不要啊——對、對不起！我、我馬上就……」

長年累積的恐懼讓黃煒仁反射地舉起雙臂護住頭部，他卑微地求饒，立馬就要去執行對方下達的任務，好像這樣就能夠少受一點皮肉傷。

但他誇張的舉止反倒更讓蘇鴻智不滿地冷嘖了聲，「別演的我好像是壞人一樣，我又不會打你。」

「不、不會嗎？你不會……打我嗎？」黃煒仁偷偷抬眼確認。

蘇鴻智略微昂起下巴表態，「我是文明的讀書人，少把我跟那些野蠻人混為一談。」

「那、那你為什麼還叫我去死？」

即便黃煒仁書讀得不多，但他很肯定任何一個「文明的讀書人」都不該對初次見面的人喊著去死吧。

面對黃煒仁的反問，蘇鴻智深吸了口氣強迫自己冷靜。接著他蹲下，鏡片後一雙凌厲的眸子直盯著那雙開始感到恐懼的眼眸。

「首先，想要死的人是你。再來，你既然已經簽了契約，那就勢必得在期限內照做。所以不是我要你去死，作為你的契約人，我只是盡我該盡的義務在提醒你。」

「提醒我快去死？」

「對。」

明明對方講得有條有理，甚至豎起指頭替他點出重點。偏偏黃煒仁一個字也沒聽懂，這人講的話簡直比數學公式還要難以理解！

「對了，契約！」黃煒仁驀地想起，「可以再讓我看一下嗎？剛剛太混亂了，我、我沒有看清楚內容。」

蘇鴻智眉頭深鎖，他思考了一陣子後才不甘願地從口袋中緩緩掏出那張紙，遞到對方手中前還厲聲道，「記著，你簽名的瞬間契約就已經成立了，就算撕毀也沒用。」

黃煒仁連忙點著頭道謝接過。一張Ａ４白紙上一字不漏地記載蘇鴻智朗誦過的內容，可黃煒仁越看只把眉頭擰得越緊。

「自殺契約書？死神？七天後註定會死去？」他邊看邊碎唸，直到看見最後一行時猛地抬頭看向蘇鴻智，「你、你自殺了！」

這不是蘇鴻智第一次被當事人這麼問，倒不如說，這個問題早讓他被問得煩躁至極，尤其他們總是一副訝異的神色、外加不必要的同情和惋惜。

「有意見嗎？」

感受到一股低氣壓籠罩下來，向來膽小的黃煒仁慌忙擺著手緩頰道，「啊——

這、這也沒什麼啦，你看，我也想自殺啊哈哈。活著真的很不容易吧？你已經很不錯了，至少、至少還有勇氣……」

「我跟你這種廢物不一樣。」

蘇鴻智潑了一把冷水後又繼續說，「像你這種對明天感到恐懼而想自殺的，就算面對死亡也只是個廢物。我跟你不一樣。我不是因為害怕才去自殺的。」

少年的話精準地戳痛黃煒仁動盪不安的內心，無論是面對未來或是死亡的恐懼，夾在兩者糾葛之間是一種空虛的無助感，像是被扔入漆黑的太空之中，身軀不真實地飄盪在人間，不歸屬於任何一方。

黃煒仁垂著頭，兩眼無神地盯著水泥地。他明白自己想自殺的理由既愚蠢又窩囊，但他就是逃不開。每當那股衝動絞纏住他時，雙手總是情不自禁地想要掐緊自己的咽喉，或是割開動脈。

他看向那個一副聰明樣的蘇鴻智，納悶地想知道他是否也有過這種感覺，「所以你呢？是為什麼自殺的？」

「就只是一個懲罰。」蘇鴻智聳了聳肩。

黃煒仁皺起眉，再次確認，「懲罰？」

「你是連中文聽力都有問題嗎？」蘇鴻智不耐煩地瞪了他一眼，接著解釋，

「考試第一名的人會拿到獎狀。有獎勵，相反的就有懲罰。所以我自殺了。」

「等等，你的意思是因為你沒有考第一名所以就自殺了？」

黃煒仁詫異地抬頭看向對方，但蘇鴻智擺明沒打算繼續說下去，僅是冷冷地回瞪了他一眼道，「有意見嗎？」

「不、不是，這太奇怪了吧？沒考第一名又不會世界末日，為什麼只因為這樣就放棄自己的性命？」

「『只因為這樣』？」

蘇鴻智瞇起眼，一步步逼近對方。正當坐在地上的黃煒仁下意識地舉起手作防護時，手中的契約書被猛地抽走。

當黃煒仁偷偷睜開一隻眼時，他看著對方臉色不悅地把契約書收回口袋，冷笑道，「你這快死的傢伙才沒資格說我。」

「是要一輩子待在被地獄追上的恐懼之中，還是自己直接踏入地獄，你自己選，明天見。」

最後，蘇鴻智只留下這一句話便轉身離去。

03【幸運日】

「嗶嗶嗶嗶——嗶嗶嗶嗶——嗶嗶嗶……喀！」

從棉被裡伸出來的手精準地打在不斷發出擾人噪音的鬧鐘上，黃煒仁精神萎靡地從被窩中爬起身，緩慢地將自己慵懶的身軀移動到浴室梳洗。

當他試圖用髮圈將瀏海束上去時，不慎觸碰到眼皮上青紫色的腫塊，疼痛感讓他倒吸了口氣，頓時清醒了半分。

黃煒仁看著鏡子中的自己，沒有了瀏海的遮掩，右半邊的臉簡直只能用慘不忍睹來形容。

「自己跌倒的」這個藉口很快就不適用了，果然只有死亡才是唯一的正解了吧？

他有時候甚至覺得不是自己想死，而是死亡的念頭總是找上他，搞得他也不確定自己是不是真的想死。

不過……昨天傍晚的事其實蠻有趣的。

他一邊漱口邊想著，一張正式的自殺契約書和一個咄咄逼人要他快去死的死神，如果昨天對方再堅持下去，也許他真的就會跳下去了。

但很可惜，他知道那只是一場新型的惡作劇，雖然黃煒仁不清楚他們是去哪找來這麼一個好演員，演技好到他真的差一點就要上當了。不過最後那個自殺的理由實在編得太離譜，讓他見對方離開後才恍然意識到又是場惡作劇。

他很肯定今天自己會因為這件事被眾人嘲笑。

揹起書包才剛要跨出門，同儕譏諷的笑聲與嘲弄霍地浮現在眼前，阻擋住他的去路。他想像投影機投射出自己昨天被偷錄下的各種糗態，就在講台正中央播放，全然地無地自容。

「煒仁，怎麼了嗎？有東西忘記拿嗎？」

母親溫和的嗓音從身後傳來讓黃煒仁一驚，為了不被詢問多餘的事他還特地早起避開家人。他趕忙套上步鞋急匆匆地推開大門，頭也不回地道，「沒事！我出門了，掰掰。」

小跑步一段路之後，腳步又開始拖沓了起來。鞋底就像是被人塗上三秒膠，每一次抬腿都很費力。黃煒仁一路垂著頭，雙手焦躁不安地抓著肩上的背帶，駝成一隻蝸牛緩慢地往學校前進。

當他轉過最後一個路口，抬頭便見到門口敞開的自動鐵門以及站在一旁嚴肅的教官，猶如一座監獄。

怎麼這麼快就到了？

黃煒仁的腳不由自主地打著哆嗦，手指反覆掐捏著背帶，深呼吸了好幾口氣才闊步走向大門。

他一路低著頭走上階梯，正當要踏上三樓時，突然一陣淡雅的馨香傳來，接著有人朝他問候。

「早安啊，煒仁。」

與他同時踏上三樓、那個笑得溫潤和藹的女孩是隔壁班的班長，更是被公認為全校校花的存在，溫嫚宸。淡棕色的波浪長髮飄盪，有一條編織整齊的麻花捲束在左耳後方。

黃煒仁的心跳頓時突破兩百，他一邊感嘆著自己的好運一邊開口，「早、早啊，嫚宸。」

溫嫚宸又是對他柔柔一笑，接著被一群從後方上來的同學們簇擁著進入自己的班級。黃煒仁的視線一直追尋著她，直到身影徹底消失在眼前。

一瞬間黃煒仁忘記了自己應該擔心進教室會被嘲笑的事，他輕飄飄地進到班級、來到自己的座位，放好書包、拉開椅子坐下後，才惶恐驚覺到今天竟然一點壞事都沒有發生。

今天果然是他的幸運日！

他的內心才剛浮現出這個令人嘴角上揚的念頭，驀然有人從後方朝他的椅背一踹，讓黃煒仁措手不及地撞向前方自己的桌子，接著硬生生摔下椅子。

原本吵雜的教室頓時消了音，看向投下小石子泛起漣漪的角落，有個倒地哀號的少年，爾後扭頭繼續話題，湖面又歸於平靜。

「喂，廢人！還坐在這幹嘛？你是不是忘了什麼事？」

粗獷的嗓音像是一道雷打入黃煒仁的腦袋，他顧不得身上的疼痛，瑟瑟發抖地抱頭縮成一團，思緒如萬馬奔騰般快速地在腦中飛躍，試圖找出自己到底遺漏了什麼。

「看來你很欠提醒嘛──」

正當黃煒仁眼睜睜地看著步鞋抬高就要往他的臉上踹來，他總算想起自己每天早晨最重要的工作，慌忙喊道，「早、早餐！我這就去買早餐！」

從書包翻找錢包時，他幾乎要把所有的課本都掏出來，任由教科書雜亂的散落在桌上、地上，人已經匆忙地跑出教室直奔福利社。

但很不巧的是，最後一個肉鬆麵包在他眼前被一個女學生拿走了。他瞪大眼看著女孩手中的麵包，腳步猶疑著是否要上前。

「那、那個……」

黃煒仁才剛開口，那女孩甚至都還沒轉頭，他便抓起一旁的草莓吐司，與女孩對上眼時只是嘿嘿乾笑了兩聲，換來一個不悅的眼神。

當他回到班上時正巧老師進教室、第一節課的上課鐘聲敲響，黃煒仁垂著頭迅速地把草莓吐司放在那人的桌上，看也不敢看對方一眼，坐回前方自己的座位上焦慮地摩擦著雙手。

「黃煒仁！」

「在、在！」

當老師叫到他的名字時，他反射地舉起手，卻沒有反應過來現在的狀況。他環視全班看著他呆愣愣舉著手的模樣，內心像是被潑了一把強酸似地熱燙。

「還不快過來拿考卷！」老師罵道，「你考這什麼分數啊？」

現在的黃煒仁覺得身上像是有幾千隻針，一起身、一移動就把他刺得千瘡百孔。他盡可能地加快速度走去講台，卻沒想到短短一條路竟會這麼的折磨人。

當他領到考卷轉身，看向自己的座位時，不巧與後座的那個男同學對上了眼。他看見對方以脣語說著「你這白癡死定了！」，單手用力揉爛草莓麵包。

今天不是他的幸運日……不，他從來就沒有幸運日。

這時老師繼續發還考卷，當唸到接下來的名字時，語氣明顯上揚了幾分。

「蘇鴻智！不錯喔，又是一百分，繼續保持。」

快走回座位上的黃煒仁猛地轉頭，便見到昨天傍晚在頂樓的那個少年，板著一樣的面孔領取考卷。蘇鴻智朝老師道謝後接過，轉身時便見到黃煒仁隔著幾條走道，手指著自己吶喊。

「你、你怎麼會在這！」

04
【男廁】

「噗——哈。」

一記憋不住的笑聲劃開膠著的氣氛，接著像是墨汁滴入水中渲染開來。整間教室裡的學生們頓時哄堂大笑。

黃煒仁手抓著考卷，一顆眼珠瞪得極大，神經兮兮地四處張望朝他瘋狂大笑的人們。他的心裡滿是不解與畏懼，難道大家都不覺得奇怪嗎？一個昨天都還不存在的陌生人就這樣待在他們的教室裡？

還是老師有介紹過這位轉學生了，只是沒人告訴他？

「我看你才是不該出現在這裡的人啦——」

在他後座的那位男同學剛說完，全班又是捧腹大笑，還有人拍了拍那人的肩膀誇獎他說得好。

「安靜！都給我安靜下來！」講台上的老師兇狠地掃視台下失控的情況，厲聲道，「黃煒仁，快回你的位置上坐好。江志偉，過來領考卷！」

聽到老師的命令後，黃煒仁的雙腿才像是甦醒過來，趕忙快步地走向教室最右後方的那塊角落。而起身要去拿考卷的江志偉眼神冷酷地看著前方迎來的黃煒仁，他沒有側身讓路，狠狠地撞了過去使對方摔倒在走道上。

江志偉接著一腳，踩上黃煒仁手中那張考卷，跨過他前往講台。

坐回位置上的黃煒仁恍惚地看著桌上的考卷，用紅筆寫著三十九分的旁邊印著一個大大的鞋印。他的思緒完全不在這張考卷或是課堂上，他只想到等等這個腳印也會印在他的外套、他的制服、他的臉上。

「你給我過來。」

果不其然，下課的鐘聲一響、老師的前腳才剛踏出教室，江志偉就從後方勒住黃煒仁的脖子一把將他拽到男廁。

他被粗暴地推倒，整個人往後摔坐在地，潮濕的觸感從西裝褲慢慢滲透進去，連內褲也濕了一大片。小便斗離他的臉只有幾吋，黃煒仁甚至能聞到濃厚的尿騷味。

居高臨下的江志偉舉起手中被揉爛的草莓吐司問道，「這什麼？」

「那、那個！我可以解釋！」黃煒仁慌忙地擺著手道，「今、今天的肉鬆麵包賣完了，所以、所以才……你真的應該試看看！這個也很好吃！完全不輸肉鬆麵包！」

黃煒仁邊說邊急得要哭出來，他覺得自己像是個糟糕的銷售員在推銷著一台破車，語無倫次以外還嚴重結巴。而江志偉僅是靜靜地等待對方說完，爾後蹲下身，撩起眼皮問了句。

「為什麼賣完了？」

「……欸？」

黃煒仁才剛發出一聲疑惑，整顆頭就被抓起按入一旁的小便斗裡，他的左臉頰緊密地貼著小便斗冰冷的陶瓷底部，刺鼻的尿騷味和人工香氛精的味道混雜一塊，讓他一時分辨不出是哪個更令他作嘔。

「我說為什麼賣完了！」江志偉狠戾地加重手上的力道，「要不是你早上還像個智障一樣坐在教室裡等著我去提醒，它會賣完嗎！」

「嘔……對、對不起……我……嘔！」黃煒仁邊發出反胃的作嘔聲邊可憐兮兮地哭道，「我錯了……是我錯了嗚嗚……」

「你這廢人怎麼連這點事都做不好！是沒睡醒嗎？是嗎？要不要幫你洗個臉？」

江志偉按下小便斗上的沖水鍵，從水孔不斷湧出的水流幾乎要淹過黃煒仁的口鼻，他驚恐地掙扎想要吸取氧氣，但一開口攪和了尿液的水就灌入嘴裡，讓他嗆咳。

「咳……嘔……咳……不、不要……」

黃煒仁微弱地哭喊，抓著他頭髮的那隻手猛力將他提起。他看著眼前的江志偉，戴著耳機、吹著紫色的泡泡糖，單眼皮小眼珠讓他看起來更加兇狠。

在他身後還站著兩名男同學，他們手抱於胸前嘻笑交談，一個甚至拿出手機把他現在狼狽的樣子全部記錄下來。

「哈哈，江志偉你這瘋狗。」那人邊錄邊笑道。

江志偉轉頭朝對方罵了幾句髒話，語調裡聽不出不悅，反倒是玩笑意味居多。

「說什麼，我只是在為民除害好嗎？蟑螂就是要沖馬桶啊——」

說完江志偉又把黃煒仁的頭壓進小便斗，再次按下沖水鍵。這回他是面朝下，雙手無措地揮舞，又喝下了好幾口髒水。就在黃煒仁以為自己要窒息時，突然傳來一道嚴肅的嗓音。

「你們在做什麼？」

江志偉一把抓住黃煒仁的後頸倏地把他往後扔，眼神警戒地看著站在門口推了推眼鏡的蘇鴻智。

守在門口的兩個男同學挑眉擋住入口，口吻挑釁，「哇嗚——這不是我們班的資優生嗎？你又在這裡做什麼？」

「我要上廁所。」蘇鴻智冷道。

江志偉不可置信地翻了個白眼，他走到蘇鴻智面前，整整高出一顆頭的壓迫感卻沒讓蘇鴻智有任何一點反應。

「資優生，沒看到這裡客滿了嗎？」他低聲告誡。

「那裡空著。」

蘇鴻智指著剛剛黃煒仁被壓的另一個小便斗，看也沒看江志偉一眼。然後在眾人反應不及時，人已經走入廁所解開皮帶開始小便。

瞬間在場的所有人陷入沉默，只有稀哩稀哩的排尿聲在尷尬的空氣中響徹。結束後蘇鴻智拉起拉鍊，他看向左後方的黃煒仁，好像他現在才發現對方在場似的。

他看著少年的頭髮、制服到褲子都一片濕潤，嘴角還有一些嘔吐物的痕跡，臉上的瘀青也比昨天看到時更多了。

「他做了什麼？」蘇鴻智轉頭朝江志偉問。

「關你什麼事？」

江志偉仍舊敵意滿滿，他搞不懂平常跟他處於不同世界的這個傢伙怎麼會突然闖進來。

「為什麼要這樣？」蘇鴻智換了個問題。

這回江志偉愣住。

「『為什麼要這樣？』」，明明是很簡單的問題他卻發現自己答不上來，當他發現自己居然在思考時更是覺得自己很愚蠢。他昂起下巴，冷笑了聲。

「沒有為什麼。」

接著他把矛頭指向對方，「幹嘛？你有什麼意見嗎？」

蘇鴻智從始至終都保持著那張不苟言笑的臉盯著江志偉。黃煒仁看著他的側臉，緊張地吞了口口水，心臟跳得飛快，除了緊張之外還有一點點的……期待？

可沒想到蘇鴻智轉身走到洗手台前洗手，拿出手帕擦乾後便走向門口。

「沒有，我尿完了，就不打擾你們了。」

隨即離開廁所。

05
【為什麼被霸凌是我的問題？】

放學的鐘聲敲響，學生們陸陸續續出了教室，在暖橘色的夕陽下成群歡快地走出校門。

只有黃煒仁不一樣。

鐘響後他沒有背起書包，而是直接奪門而出四處尋找他消失的書包。

他先是去到早上那間讓他噁心的男廁，接著是實驗教室、停車場、頂樓，但都沒有任何一點線索，看來那群傢伙這次藏的地方跟以往不同。

「在垃圾場。」

當黃煒仁氣喘吁吁靠著欄杆滑下休息時，蘇鴻智從頂樓的樓梯口出現，平淡地給予答案。

「你、你怎麼……哈……知道？」

「我看到了。」

蘇鴻智說得稀鬆平常，這讓黃煒仁想起對方早上在眾人的錯愕之下轉身離開的背影，委屈與憤恨的情緒頓時湧上咽喉。

「你、你還來找我做什麼！你知不知道你離開後，他們把我弄得多慘！」當時的他，頭又被壓回小便斗裡，江志偉不知道一共按了多少次沖水鍵，最後還把那塊揉爛的草莓吐司扔進蘇鴻智上過的小便斗，命令他吃下去才放過他。

「所以呢？」

面對蘇鴻智毫無動搖地反問，黃煒仁一僵。而對方又繼續道，「所以你希望我怎麼做？」

「我、我不知道。」黃煒仁皺起眉，握緊拳頭，「至少可以救我吧。」

「為什麼要救你？」

「什、什麼？」

黃煒仁不可置信地看著面前冷眼的少年，那雙暗色的眸子裡是真的沒有半分憐憫。

「他們越是霸凌你，就越會讓你想自殺。所以我為什麼要救你？」

他用最平靜的語調說著最狠毒的話，黃煒仁全身頓時竄起一陣雞皮疙瘩，這個叫蘇鴻智的資優生比江志偉那些小混混都還要可怕。

至少他知道江志偉不會真的弄死他，但這人是真的很想要他死。

「那、那個契約！」黃煒仁恍然大悟地抬頭看向對方，「原來是……真的嗎？那不是惡作劇嗎？」

蘇鴻智不悅地皺起眉，「當然是真的，你還要我講幾遍？所以要去死了嗎？」

直到這一刻黃煒仁才真正感受到死神的鐮刀架在脖子上，他顫抖地爬向蘇鴻智，猛拉著對方的褲管慌張地開口。

「不、不要！我還不想死！我要解除契約！快幫我解除契約！」

蘇鴻智毫不留情地踹開他的手，冷嘖了聲，「嘖——你什麼時候才能學會不找人求助？」

「這些都是你自找的，不管是霸凌還是契約。所以自己想辦法解決，不要覺得別人都應該幫你。」

明明黃煒仁早已習慣那些袖手旁觀的眼神，但不知道為什麼蘇鴻智說的話特別的痛。興許是沒人這麼理所當然地把責任歸咎於他。

「為什麼……」黃煒仁眼神空泛地問道，「為什麼被霸凌是我的問題？」

「全班有這麼多人，他們怎麼偏偏找你？」蘇鴻智反問。

這問題黃煒仁不知道已經問過自己多少次了。是因為髮型？長相？還是身上有異味？明明他每天都有洗澡，甚至還偷噴媽媽的香水。原本他也是俐落的短髮，後來為了遮掩瘀青才把瀏海留長。

無論他思考多少次，無論他做了多少改變，他們就是不會放過他。

「所以呢？為什麼是你？」

面對蘇鴻智的追問，黃煒仁情緒潰堤地抓著頭髮吶喊，「我不知道、我不知道！它就發生了！有一天，它就發生了！好嗎？」

他甚至不知道是哪一天、哪件事，它就只是發生了，然後就這麼從國一跟到現在，直到即將畢業了也不放過他。

黃煒仁哽咽地道，「我真的不知道嗚……我只是像大家一樣每天來上學，然後……就這樣了……」

西落的暮靄將蘇鴻智站立的身影拉長，使斗大的黑影籠罩在黃煒仁身上，像是要將他整個人掩埋。看著少年無助地蜷縮成一團，蘇鴻智彎起食指以第二個指關節推了推眼鏡，他沉默了片刻後才開口。

「你如果想報仇的話我可以幫你。」

對方的話讓黃煒仁驀地抬頭，他大張著嘴巴顫抖，還沒來得及說話，蘇鴻智又道，「前提是你要先履行跟我的契約，自殺。」

黃煒仁就像被戳了一根針的氣球，霎時爆破，「這樣還有什麼意義！我、我都已經死了啊！」

「反正你本來就也有打算不是嗎？」蘇鴻智眼神犀利地掃射著他。

「『也許我自殺就能讓他們愧疚或是受到懲罰』，你從沒這樣想過嗎？」

「我……」

黃煒仁一時語塞，他別過頭盯著地板，攥緊拳頭，「那不是應該的嗎？」

「那你就快接受我的交易，剛好這邊就可以跳樓了。」

「不、不能你先幫我報仇，我再自殺嗎？」黃煒仁看向對方，「我不是不相信你啦，是那個……就……我想親眼看到他們……受到懲罰。」

蘇鴻智冷道，「你當初想自殺時怎麼就沒這麼想過？」

在資優生的問話之下，黃煒仁逐漸清醒過來。確實，他當初怎麼就沒這麼想？只要自殺他們就會受到懲罰的話，那麼簡單的事他怎麼遲遲到了現在都還沒做？

「因為你知道那根本不可能發生。」蘇鴻智狠狠戳破他的自我安慰，把現實攤在他眼前。

「所以我才說你蠢，拿這個來當自殺的理由真的很笨。你以為他們會愧疚多久？他們才十五歲好嗎？了不起三、五年，然後呢？然後他們會長大、會結婚、會生子，會過上沒有你這個死人打擾的幸福生活。說不定連你的名字都忘了。」

「你的自殺起義根本沒人在乎。」

黃煒仁倒抽了口氣，胸口像是被大石塊壓住似地呼吸困難。是的，不在乎，他跳下去就只是白白死了。其實他隱約都知道，但就是……

「不然我還能怎麼辦……」黃煒仁輕語，「是要一輩子待在被地獄追上的恐懼之中，還是自己直接踏入地獄。」

他複誦一遍蘇鴻智曾跟他說的話，接著眼神死去地望向對方。

「我已經在地獄裡了。」

06【最大的錯誤】

「那就讓自己從地獄中脫身吧。」

蘇鴻智朝黃煒仁伸出一隻手，「接受這場交易，對你我都好。」

黃煒仁看著眼前的手，他甚至不確定自己是不是該稱呼為援手，接著他看向那個跟他同年卻滿是謎團的少年。

「死……會很可怕嗎？」黃煒仁怯怯地看著對方打探，「我的意思是，地獄具體而言，是長什麼樣子？」

「你不會下地獄。」蘇鴻智回道。

「不、不會嗎！」黃煒仁一喜，但他很快就想起條約，「喔對，自殺的人是會變成死神對吧？」

「對，你會失去所有知覺，變成死神。」

「等等！失去所有知覺是什麼意思？你一開始沒有說到這個啊！」

黃煒仁難以置信地瞪著蘇鴻智，而對方僅是平淡地解釋，「字面上的意思，你吃東西不會有味道、聞不到東西，也不會再感受到疼痛。但聽力和視覺不受影響。」

「不會再感受到疼痛了？哇——這真是……」黃煒仁的手推起自己的瀏海，露出紅腫的傷口，爾後苦笑了聲讚嘆，「太棒了。」

瞧黃煒仁的注意力只放在不再疼痛，蘇鴻智別過頭，他可沒好心到會提醒其他的事項。

「下定決心吧。」蘇鴻智再次催促，「你逃離這個地獄，換他們下地獄。」

那張平靜的嘴臉總是講出駭人的話語，原本黃煒仁還打算問蘇鴻智會怎麼替他報仇，但他發現自己不太敢知道。

更重要的是，他根本還沒有下定決心要自殺啊！

「那個……很感謝你的提議，但我真的還是比較想解除契約。」

蘇鴻智瞇起的眼睛幾乎要噴出火來，他真的非常無法忍受跟笨蛋打交道。

「你這白癡是哪裡沒聽懂？契約簽下去就不能解除了！這交易只是我看你可憐才好心提出的。就算不進行交易你也已經死定了！」

「不、不能解除！是完全不能嗎？還是……」

「完全不能。」

蘇鴻智根本沒打算聽黃煒仁把話說完，而是狠狠地掐滅他最後一絲希望，「從來沒有人解除過，只要簽下去，不是自殺、被死神殺，就是受天罰。」

「所以你最好趁我還願意給你機會的時候接受這個交易。」

殘酷的現實讓黃煒仁頓上好幾分鐘，淚珠不知道怎麼的又湧上眼眶。當他回過神來，發現自己竟然委屈到哽咽了起來。他只是想要從這樣的狀態中解脫而已，但怎麼好像受到懲罰的都是他？

明明他什麼都沒有做錯，真的什麼都沒有。再平靜的日子，風浪都會自己灌進來，然後搜刮走生命裡所有的快樂。

爾後黃煒仁理解了，他最大的錯誤就是出生。

想到這，他不自覺地苦笑了聲，面容淒涼。掙扎與糾結在此處都顯得毫無意義，因為他最大的錯誤就是出生。

「我、我知道了……」黃煒仁眼神渙散地看著對方的鞋頭呢喃，「我會……依約自殺。反正我本來就該這麼做了。」

「我會替你報仇。」蘇鴻智再次承諾。

夕陽逐漸貼近地平線，深橘色焰火即將熄滅。直挺挺站立著的，和消沉癱坐的身影就要被黑影吞噬。

蘇鴻智看了手表一眼，再看向黃煒仁，「時候到了。」

少年的身軀明顯顫慄了一下，他侷促地抓著褲管道，「也、也不用這麼急吧？我、我還有很多事沒有做，遺書也還沒有寫，然後……」

「那些我都會替你弄好，你只要快從這邊跳下去就可以了。」

「但、但契約上不是說七天後嗎？」

蘇鴻智低頭瞪著他，「那是指七天後一定會死，但也可以提早先在七天裡自殺。」

「那我不能等到最後一天嗎？」黃煒仁剛說完就看到蘇鴻智臉色驟變，趕忙道，「我、我不是要爽約，只是那個……就……真的還有好多事還沒做。」

「你這白癡！這世上不可能會有人把事情做完才死的，沒有任何人是！」說實話，要不是蘇鴻智是死神，他搞不好也會想把黃煒仁的頭按進小便斗。他深深嘆出一口氣強迫自己冷靜。

「我在趕時間。」蘇鴻智坦承道，「我還有其他事要處理。」可這讓黃煒仁更不能理解了，「那你就先去處理你的事，我們七天後見？」

「……我終於知道為什麼你會被霸凌了。」

「怎、怎麼突然提這個？」

「因為你除了膽小懦弱、嚴重結巴外還煩人煩得要死！就不能稍微動點腦思考嗎！要是我離開的這幾天你意外死了怎麼辦！」蘇鴻智咆哮，「所以在你自殺之前我都得看著你！懂了嗎？」

「了、了解。」

黃煒仁抿住嘴，不敢再繼續問下去了。不過這感覺其實還挺不賴的，自他被霸凌以來，從沒活得這麼安心又踏實。雖說他知道江志偉不會殺了他，但那種恐懼總是如影隨形。

如今他卻在將死之際才感覺到自己能夠好好的活著，著實諷刺。

「謝謝你，鴻智。」黃煒仁輕笑了一聲，「真奇怪，我現在覺得好安心喔。不用再去擔心明天還有以後的事。不會再被打，就連期末考也不用考了。」

原本聽到對方叫自己的名字時，蘇鴻智還嫌惡地嘖了聲，但聽到最後卻突然愣住。他從書包中拿出行事曆，看著上面被打上紅色星號的日期。

「對了，兩天後是期末考。」他呢喃，接著朝黃煒仁道，「快去垃圾場拿你的書包，我們要先去圖書館。」

「咦？幹嘛去圖書館？我、我不是要自殺了嗎？」

走到樓梯門口的蘇鴻智轉身，面容嚴肅地道，「開什麼玩笑，有什麼能比考試還重要？給我好好考完再去死。」

黃煒仁簡直不可置信，這傢伙的腦袋絕對比他還怪吧！

見蘇鴻智腳程飛快地走下樓梯，黃煒仁也急急忙忙地跟上前。

「欸！等、等我一下啦——反正我都要死了，幹嘛還讀書？」

蘇鴻智突然停下腳步，讓黃煒仁差點撞上前。他看著前方的資優生緩緩轉身，表情嚴肅地推了推眼鏡。

「我不准你人生最後的成績太難看。」

07

【籃球機】

現在是晚上八點五十五分。

沉靜又明亮的自習室裡只有沙沙沙的筆聲，絲毫沒有人注意到再過五分鐘圖書館即將閉館。

只有黃煒仁。

本是盯著講義的眼睛偷偷抬高，他才剛要四處張望，左邊便伸來一枝自動筆，狠狠敲在他的手背上。

「嗚！」

幸好黃煒仁及時克制住音量，他趕忙又把視線移回桌上的化學公式，但沒過多久又默默地飄移到手腕處的手表。他看著秒針極度緩慢地運轉，只覺得度秒如年！

終於令他朝思暮想的閉館音樂響起，不到五秒鐘黃煒仁已將書包收好，他看著一旁的蘇鴻智仍舊聚精會神地盯著他的書本，旁邊陸陸續續起身、談天、行走的音量都沒有影響到他。

「鴻、鴻智，已經閉館了喔。等等警衛就會來趕人了。」他好心提醒。資優生擰眉，硬是把最後一道數學題解完才動手收拾東西。

鄉下的馬路寬敞空曠，隔著一大段距離才有一盞路燈。草叢間傳來的蟲鳴讓他們兩人之間的沉默不那麼尷尬。

因為從國一開始就被江志偉他們盯上，黃煒仁在學校根本沒朋友，更別說是一起走路回家的人。他忐忑地覷了一旁的蘇鴻智一眼，苦思著到底要如何開啟話題。手拿著英文單字本的蘇鴻智倒是沒這困擾，即便嘴上專注地默念，腳下的步伐依舊穩健。似乎很習慣這樣的讀書方式。

「你家不是那個方向。」

直到兩人來到一處岔路，身後的蘇鴻智冷冷喊住前方準備右轉的黃煒仁，令對方嚇了一跳。

「你、你怎麼知道！」

「預習很重要。」

蘇鴻智連抬頭都沒有，眼神仍舊專注於單字本，腳步已朝左邊走去。水圳細微的流水聲流淌，一路從田間流向住宅區。才走沒幾步路蘇鴻智便停下，他總算把視線從書本上移開，扭頭看向還佇立在原地的黃煒仁。

「我媽她……超商的工作最近改成大夜班了。」黃煒仁搔了搔頭解釋。

蘇鴻智沒花幾秒鐘便反問，「所以這一個小時你要去哪裡打發時間？」

黃煒仁一陣訝然地看著蘇鴻智，他感覺到對方在短短的幾秒內就已經把為什麼他還不回去的理由以及大概需要多久時間都給看透了。

也是到了此刻他才意識到，蘇鴻智真的跟自己不一樣，跟只會問蠢問題要別人來解答的自己不一樣。

真的很聰明，思考很獨立。

最後由黃煒仁領頭，兩人朝右轉的小路走去，那邊除了一樣是住宅區外還有一間連鎖超市。雖然打烊後鐵門拉下來看起來有些陰森，但門口前投幣籃球機上的霓虹燈閃耀，節奏明快的電子音樂像是把人拽入不一樣的時空。

「我、我蠻擅長這個的喔！」黃煒仁說這話的時候語調上揚，帶著點驕傲。

蘇鴻智冷哼了聲，「擅長這個有什麼用，又考不上好高中。」

「雖然是這麼說沒錯……」黃煒仁邊說邊在兩台機台各投下一枚硬幣，機台連線後兩邊螢幕同時閃出遊戲開始的倒數，他轉頭朝蘇鴻智丟去一顆籃球。

他笑道，「但很好玩啊！」

「嗚……喂！」

蘇鴻智措手不及地接住球就聽見投了幾顆球的黃煒仁道，「你贏我的話我馬上去自殺！」

用自殺來當賭注實在詭異，但此刻卻僅是兩個男孩之間幼稚的較量。

「你這樣偷跑根本是作弊！」

蘇鴻智不滿地將書包擱下，迅速地投了幾球，可那球繞著籃框轉了幾圈卻沒落進去，讓資優生發出懊惱的低吟，隨即不服輸地繼續。他的腦袋閃過拋物線的公式，斤斤計較投籃的角度，卻發現成效比隔壁姿勢隨意的黃煒仁還差。

眼看分數的差距越來越大，蘇鴻智難得露出慌亂的表情，巨大的恐懼與壓力讓他的喘氣變急促。彷彿回到生前那段被考試分數、名次追著跑的窒息生活中，只要稍微一點鬆懈就會被取代，就沒有存在的意義。

「哈、哈哈，我贏了耶！我可以活下去了！」黃煒仁看著電子螢幕上的恭喜跑馬燈，內心突然酸楚。原來他是這麼想活下去的。

「嗯，你贏了。」

蘇鴻智故作淡定地說，他吞不下這口受辱與不甘，只能把它咬在嘴邊，咬得破皮出血也維持著假意的君子風範。他不斷告誡自己現在最重要的是讓黃煒仁自殺的任務，不准因為這點小挫折殺了自己！

那雙好強的眼神散發出一股炙熱的怒火，黃煒仁看了一驚，可他卻沒感受到那股火是針對他。那一瞬間他好像觸碰到蘇鴻智隱藏的內心，他自殺的核心。

黃煒仁趕緊從口袋中又翻出一枚硬幣道，「遊、遊戲嘛，再重來一遍就好了。」

「叮！」籃球機再度響起悅耳的聲音，那在蘇鴻智眼裡是難能可貴的第二次機會，他飛快地投出幾球但大多還是落空，螢幕上的分數遲遲無法往上。

「你的手太、太僵硬了，放鬆一點，像這樣。」

突然黃煒仁的聲音在一旁響起，爾後他拿起一顆球為蘇鴻智示範，只見他高舉、手腕使力一拋，那顆籃球便完美地劃出拋物線落入籃框，分數瞬間多出兩分。

蘇鴻智仔細觀察他的動作接著模仿，果然成功投入了幾顆，籃球刷網的快感讓他浮出莫名的雞皮疙瘩，看著分數緩慢地往上攀升，那有別於課業上的成就感，也是第一次讓蘇鴻智認同「好玩」這兩個單純的字。

最後螢幕上繽紛地閃著一百分，雀躍的音樂慶祝，蘇鴻智呆望著看板。

「哇！鴻、鴻智！這真的是你第一次玩嗎？真的好厲害喔！」黃煒仁驚嘆不已。

蘇鴻智冷靜地揹起書包，轉身時唇邊卻稍微揚起，「走了，明天還要早起上學。」

08【旁觀者】

「嗶嗶嗶嗶——嗶嗶嗶嗶——嗶嗶嗶……喀！」

在某個被江志偉痛扁一頓奪走一個禮拜零用錢的隔天早晨，黃煒仁曾經這麼想過，為什麼他要按掉鬧鐘？既然鬧鐘只是為了叫醒他去面對千篇一律的地獄，那乾脆不要再醒來就好了。

要是有天……他再也不需要按掉鬧鐘醒來，該有多好？

「嗶嗶嗶嗶——嗶嗶嗶嗶——嗶嗶嗶……嗶嗶嗶……」

睡過頭了！

黃煒仁猛地從床上坐起，看著時鐘顯示七點二十分，他們學校的到校時間是七點三十分，要買到江志偉想要的肉鬆麵包則是要在七點就到校。

他匆忙地梳洗換衣服，接著到學校附近的早餐店買了一個肉鬆三明治，進入學校時果然被教官罵了一頓，記上遲到。但這些在黃煒仁看來都無關緊要，他最擔心的、最害怕的、最唯恐不及的，此刻他正全速地朝那個人衝去。

「志、志偉！你的早餐……嗚！」

才剛進到教室的黃煒仁猛地被一雙臂彎勒住嘴巴，他眼睛瞪大、滿是恐懼，嗚嗚哀哀地叫不出聲來。他看著全班同學都背對著他，彷彿正用功自習沒聽到後面的騷動。

那令他懼怕的聲音在耳邊低沉地道，「黃廢人，你會不會太囂張了？連續兩天都沒給我買早餐，看來是我昨天對你太仁慈了啊？」

「嗚嗚嗯！」

黃煒仁慌張地揮著手裡的肉鬆三明治，想要向江志偉證明什麼，可對方完全不把他的解釋放眼裡，強行拖著他就要出教室門。黃煒仁知道自己出了這扇門就死定了，他十指使力地抓著門欄，滿眼都是淚地四處張望想找人求救。

沒人願意救他，教室裡瀰漫著一種恐怖的默契，也正是這種恐懼讓他們團結，讓他們視而不見。這世界實在不需要太多受害者，一個，就他一個就好。

江志偉見對方居然還在掙扎，狠狠地踹了他的手道，「還敢給我抓啊！快放手！」

「嗚嗚……」

黃煒仁吃痛地鬆手，他絕望地看著同學們的背影離他越來越遠，伸出去的手從來沒得到聲援。可就在此時，一道身影擋住了江志偉的去路。是剛從辦公室領到考卷，正要進教室的小老師蘇鴻智。

「你們在做什麼？早自習考試要開始了，快回座位。」蘇鴻智淡定地推了推眼鏡。

「我們要去上廁所，不行嗎？」江志偉不甘示弱地回應。

蘇鴻智冷冷地覷了他一眼，又看向黃煒仁，最後環視了一圈沉默不語的同學們，他從容地回到自己的座位上收起考卷。

「那就等你們上完再考吧。」蘇鴻智拿出課本自習，「老師說考試時間就早自習的半小時，沒寫完就扣分。」

他這話頓時引起全班的譁然，「他們要去廁所關我們什麼事啊！為什麼我們不能先考？」

面對同學們紛紛發出的不滿，蘇鴻智不改態度，淡然地又解開一道難題。眾人們焦慮地看著牆上的時鐘已經過去五分鐘。

驀地，有人朝門邊的江志偉開口，「江志偉，先回座位上吧，你們有事等考完再說。」

「你找死啊！」

江志偉逞凶地破口大罵，可橫在他眼前的卻是數十對怨恨的眼神，連他自己也錯愕地看著突如其來的變化。然後第一次，黃煒仁感覺對方鬆開了手，他不可置信地看著這樣的轉變，甚至有個同學開口催促。

「黃煒仁，你也快回座位上啊！」

「好、好！謝謝！」

重新坐回座位上的黃煒仁莫名地眼眶泛淚，雖然他知道大家不是真心要幫助他的，但這是首次有人在他被霸凌的時候出聲。他敬仰地看著蘇鴻智從座位上站起，確認全班同學都乖乖待在自己的座位上後，井然有序地發下考卷。

而這是江志偉第一次受到這樣的屈辱。

他嚥不下這口氣，偏偏又拿資優生沒轍，只好將全部的怒火都發洩在黃煒仁身上。下課的鐘聲剛響，他便一把抓起前方黃煒仁的後領，猛地將他摔出座位，接著將他書桌和書包裡的考卷撕得稀巴爛。

漫天的紙屑從天而降，黃煒仁眼睜睜地看著對方又拿出他的課本從口袋裡掏出打火機，「啪嚓」一聲。

「不、不行！」

火舌毫不留情地吞食紙張，從小小的一角徐徐侵蝕而上，見到黃煒仁再度絕望的眼神，江志偉這才大笑。教室又恢復安靜，把世界劃分得俐落又乾淨，大家乖乖地把考卷交給小老師，隨即走出教室或是趴在桌上休息。

蘇鴻智點了點考卷，還少兩張。

他拿著一整疊的考卷走到江志偉身後，看著他手上封面寫著黃煒仁姓名的英文課本已經被燒了將近一半。

「你們的考卷呢？」

突然響起的聲音讓江志偉一驚，他眼神警戒地轉頭瞪著對方，「你又要幹嘛？」

「收考卷。」蘇鴻智冷聲答。

江志偉邪惡一笑，「對耶，都忘記還有考卷了。」

說完他拿起黃煒仁桌上的考卷就要燒，蘇鴻智卻不急著去搶，反倒刻意地鬆手，任由窗外颳來的風捲走他手上其他同學的考卷，有的在天飛翔、有的掉落地上、更有的直撲上江志偉手中那把打火機。

「江志偉！」

一旁的同學們見到這場景，趕忙衝上前阻止，深怕受波及的是自己的考卷。

「不是我的錯！是他自己沒把考卷拿好！」江志偉連忙指著蹲下身撿起考卷的蘇鴻智撇清責任。

同學們卻不領情地回嗆，「問題是誰會在教室用打火機！」

「你們現在是怎樣？全都造反了是不是！大家都要袒護這個廢人了是嗎？」

江志偉氣憤地拍桌大罵，那些班上原本的旁觀者全攪和進這攤渾水，連江志偉的跟班見到這種場面都噤聲不敢幫忙。

而真正引發這場內鬥的罪魁禍首蘇鴻智，卻慢悠悠地將考卷收整齊離開教室。

跟在他身後的黃煒仁連連驚嘆道，「你、你怎麼做到的啊！好厲害喔！」

蘇鴻智不以為意地道，「沒什麼，只要把一個人的事上升到一群人的事，逼得那些旁觀者不得不行動就好了。」

09【一點美好的】

今天能說是黃煒仁上學以來時間過得最快速的一天。

當下課鐘聲響起時他甚至還不可置信地呆坐了一會兒才開始收拾書包。

書包！他居然能夠安然無恙地收拾書包！居然不必跑去垃圾場！

「走了。」

當全班同學漸漸散去，一道身影出現在他桌邊，蘇鴻智手裡一樣拿著英文單字本，看也沒看黃煒仁地開口。

「啊……今天也要去圖書館對吧……哈哈……」黃煒仁乾笑了兩聲，接著認命地跟在對方身後。

兩人出了學校，黃煒仁跑到不遠處一間車輪餅的小攤販，買了兩顆紅豆餡的，再跑回來遞給蘇鴻志一個。

「今天謝、謝謝你。」

「要謝我的話考完期末考就快去死。」

蘇鴻智不客氣地拿過紅豆餅咬了一口，軟綿的紅豆餡燙口又甜，本來應該是這樣的。可他卻像是在咀嚼塑膠袋一樣囫圇地吃下肚。

「很好吃吧！」見蘇鴻智三兩下就吃完，會錯意的黃煒仁開心地道，「這間原本都是要排隊的，幸好今天沒、沒人。」

笨蛋終究是笨蛋，蘇鴻智連嘆氣都懶，繼續背著單字逕自走向圖書館。倒是黃煒仁一如既往的整路聒噪。

「不過感覺這樣對班上同學蠻抱歉的……」

想起早自習發生的事，黃煒仁的聲音驀地變小。他們平靜的生活被無緣無故地攪亂，就像當初的他一樣。

蘇鴻智終於從書本中抬頭睞了他一眼，「他們又不無辜。」

「要、要這麼說也沒錯啦……」黃煒仁又想起那些冷眼旁觀的眼神，不自覺地打了個冷顫，最後輕嘆了口氣，「到底還有誰是對的？」

好像這場霸凌誰都是加害者，也誰都是受害者。

蘇鴻智沒有回答這題，他推開圖書館自習室的玻璃門，裡頭坐滿了臨時抱佛腳的學生。要是沒有停下來買紅豆餅也許他們還會有位子，他不禁有點埋怨地瞪了身旁的黃煒仁一眼。

倏地一道溫柔的聲音輕聲叫喚，「煒仁？你們也是來讀書的嗎？」

資優生冷瞥了一眼旁邊瞬間紅透臉的黃煒仁，只見他緊張地拉著背包揹帶驚呼，「嫚、嫚宸！」

「小聲點，是想被趕出去嗎？」蘇鴻智不滿地踹了對方一腳。

兩人逗趣的互動讓溫嫚宸輕輕一笑，她趕忙拿起放在旁邊椅子上的書包，也請朋友清出一個空位，讓他們終於有位置坐下。

在這間靜得連根針掉地都能聽見的自習室，黃煒仁的心跳聲無疑是最吵的噪音。他難以相信自己有天居然能夠這麼近距離的坐在喜歡的女生身邊，他突然慶幸第一次遇到蘇鴻智那天自殺失敗。

可霍然一隻筆尾狠狠打在他的指關節，讓他吃痛地嚇了跳。

「這三題全錯了白痴，我不是說了這邊要用這個公式算嗎？」

坐在他對面的蘇鴻智小聲卻不留情面地開罵，聽到一旁溫嫚宸的竊笑聲，黃煒仁的臉更紅了，他趕緊接過考卷認真念書。

時間到了晚上七點左右，黃煒仁整顆腦袋頭昏腦脹的，宛如一塊吸水過量的海綿，肚子也餓得發出咕嚕叫聲。他眼巴巴地看著對面依舊維持完美坐姿的蘇鴻智，思索該怎麼開口提議休息才不會被瞪。

一旁的溫嫚宸拿起錢包與朋友起身，順道問，「煒仁，要一起去吃飯嗎？」

「啊！要、要……我問一下好了……」

聽到溫嫚宸的邀約，黃煒仁激動地站起就要跟上，又忐忑地停下腳步朝蘇鴻智問道，「鴻智，要、要不要休息一下，先吃個飯？」

「你們去就好，我不用吃飯。」蘇鴻智翻過一頁，淡然道。

黃煒仁這才想起蘇鴻智真正的身分，這兩天跟對方的相處太平凡、太像一個國中生，都忘記他是死神了。離開自習室前，他轉頭看了眼蘇鴻智孤獨的背影，心中驀地沉重了起來。

一行人來到溫熳宸推薦的炒飯店，見到黃煒仁面前那盤蝦仁炒飯只動了幾口，溫熳宸擔憂地開口。

「煒仁，你不喜歡吃炒飯嗎？」

「欸？啊！沒、沒有啦！我只是在想剛剛的數學題。」說完黃煒仁猛塞了幾口進嘴巴，邊吃邊道，「妳推薦的這間很好吃喔！」

「那就好。」溫熳宸鬆了口氣淺淺地笑。

看著女孩溫柔的笑意，黃煒仁眼眶莫名發紅，活著對他而言是如此痛苦的事實，可也正因活著他才有機會邂逅這些美好的事物。

好好吃一盤香氣四溢的炒飯，好好感受為了心儀的對象心跳加速。那一些、那一點美好的，逐漸織成一面防護網，將他脆弱的心靈接住。即便心早已碎成細沙，但只要這面防護網還在，就不會滲漏、不該死去。

回到自習室，他看著自己的桌上堆滿被蘇鴻智批改過的考卷，這些困難的也是生命的一部分。黃煒仁認命地準備拿起來修正，卻想到了什麼，從口袋中掏出一條巧克力棒。

「給、給你的，雖然你說不用吃飯，但、但……」

說到這，黃煒仁突然不知道該怎麼接話下去才好，說什麼都於事無補、太傷心、太傷人，一條巧克力棒橫在兩人之間顯得有點尷尬。

蘇鴻智看了那條巧克力棒一眼，伸手接過。那曾經是他最喜歡吃的牌子，如今都不重要了。

他默默地將屬於他過往的美好收入口袋，然後道，「自習室禁止飲食，還有別以為這樣賄賂就不用讀書，今天沒把那些考卷訂正完就不准打籃球。」

黃煒仁再度感受到生存不易。

10

【最遜的英雄】

今天江志偉沒來上學。

黃煒仁手裡拿著終於買到的肉鬆麵包呆望著後座，心中湧起千萬種情緒，感激、狂喜、恐懼。

是的，恐懼。

即便這座位此刻是空蕩的，可恐懼仍舊長年盤據在心上，那是揮不開也逃不掉的。

不過少了身後的惡魔，他就不必擔心上課時身後踹來一腳，終於能夠安心聽課。明後天就是期末考了，他可不能讓他的小老師失望。

下課期間黃煒仁原本還打算去找蘇鴻智問問題，可資優生的座位早已被同學們包圍，雖然他總是板著一張臉，但面對同學們的疑問總是耐心講解，應該也是因為這樣，所以昨天他帶頭反抗江志偉時，班上同學才會力挺。

黃煒仁還以為像蘇鴻智這種好勝心強、非要考第一名不可的人，會為了不讓別人超越自己而拒絕指導，沒想到對方是個比他想像還要善良的人。興許期末考結束後，蘇鴻智發現他改過自新、明白生命的重要性，就會願意與他解除條約。

此刻黃煒仁對未來充滿希望。

放學時間黃煒仁飛快地收拾好書包，來到蘇鴻智的座位旁邊，「鴻智，走吧！」

蘇鴻智緩緩地收拾鉛筆盒道，「是急著去讀書還是去談戀愛？」

「談、談戀愛！」黃煒仁驚呼一聲整張臉倏地發紅，慌亂又結巴地道，「哪、哪有談戀愛！我連、連告白都還沒……還是你覺得考完試後我、我跟嫚宸告白怎麼樣？」

「會被拒絕。」蘇鴻智毫不留情地道，他揹起書包起身，「不過好好享受你人生最後的時光吧。」

黃煒仁看著對方走出教室的背影心裡一沉，看來蘇鴻智是一點要跟他解除契約的意思都沒有。他飛快地跑到他面前，「等、等一下，鴻智。那個……我是真心反省過自己的行為了，拜託跟我解除契約好不好？我以後絕對不會再想自殺了。」

蘇鴻智原本平淡的臉一瞬間扭曲，他狠狠地罵道，「你這白癡到底要我說幾次！條約是不可能解除的！三天後你就是死定了！」

「一、一定會有辦法的！」黃煒仁不死心地道，「我們不是朋友嗎？只要一起努力一定會想出辦法的！」

「朋友？哈——」蘇鴻智失聲一笑，爾後又恢復平常那冷酷的臉，「我是和你簽約的死神，不是朋友。這幾天會出手也只是遵守幫你復仇的約定，你不也該好好履行對我的承諾嗎？」

希望又從黃煒仁那雙眼裡消逝，蘇鴻智卻頭也不回地道，「今天你們自己去圖書館吧。」

時間彷彿又回到還沒認識蘇鴻智之前。

黃煒仁步伐無力地下樓梯，緩緩走過穿堂，夕陽一片血紅，就跟當初在頂樓時一樣。他看著天空，這才發現，並不是他改變了，而是因為現在有個人站在他身邊才彷彿看到希望，只要對方離去自己又會跌入谷底，到頭來他還是一點成長都沒有。

大門口佇立著一道人影，是溫嫚宸，她見到黃煒仁時伸手招呼，「煒仁，要一起去圖書館嗎？」

黃煒仁才剛想回應，霍然一拳從他側邊飛擊而來，將他打倒在地。

「嗚！」熟悉的疼痛刺激安逸的神經，他摀著臉看向眼前那高大的身影。

「唉呦——我們黃廢人這幾天這麼囂張，原來是有女朋友了啊？」

今天沒來上學的江志偉身穿便服，手拿著一根球棒，在他身後更有五、六個同樣不懷好意的不良少年。那些人隨著江志偉一個擺頭，一把拉起地上的黃煒仁就要拖到別的地方教訓。

溫嫚宸見到如此場景，趕忙上前阻止邊拿起手機，「你們在做什麼！我要報警了喔！」

但這舉止非但沒有嚇阻他們，反而讓這群不良少年們捏著嗓音嬉鬧地學她叫囂。江志偉冷哼了聲，一把奪過溫嫚宸的手機摔在地上，接著用球棒狠狠砸了幾下，破碎的零件四散，讓女孩嚇得驚聲尖叫。

「嫚、嫚宸！」

見那球棒指向女孩，黃煒仁奮力地掙脫開束縛，瞬地從江志偉身後撲過去邊大喊，「妳、妳快跑！」

「還想英雄救美啊！也不看看自己是什麼貨色！」

江志偉輕而易舉地將黃煒仁甩下身，狠踹了他毫無防備的腹部一腳。黃煒仁一陣乾嘔，感覺胃都要吐出來了。

一群人拽著他拖行到隱密的垃圾場，絕望與恐懼再次襲捲而來，黃煒仁止不住全身的顫抖，大罵自己愚蠢，怎麼會以為自己有能力反抗？

一記棍棒兇狠地揮落，接著是如雨點般斗大密集的攻擊，黃煒仁抱頭哀號痛哭，他做不到，他真的做不到！他當然在腦海中演練過上千回該怎麼回擊、該怎麼反抗，可發生的當下就是沒有勇氣。

他下意識地想要討救兵，同學、老師、教官，誰都好，拜託有誰來發現他，有誰來救救他！驀地他想起蘇鴻智。他想起對方曾質問他——你什麼時候才能學會不找人求助？

全身的疼痛都在抗議，可指尖卻不可思議地湧出一股力量讓他抓住其中一根棍子。

「喔？還想反抗啊！」被抓住的正是江志偉的球棒，他使力地抽開卻發現一動也不動，急得大喊，「還不快放手！」

「我也要！」

黃煒仁沒頭沒尾地大喊了聲，眾人紛紛停下，看著滿是傷痕的男孩奮力起身，他兩手緊緊抓著江志偉的棍棒重新說一遍，「我也要一根棍子！我、我們好好打一場，如果我贏了以後你就不准再靠近我！」

「說什麼瘋話……我今天就要揍死你！」

江志偉猛地抽開球棒就要揮下，卻被身後一個人阻止，「欸等等，看在他這麼有勇氣的分上，你就陪他打一場吧。」

其他看熱鬧的不良少年們也紛紛起鬨，江志偉懊惱地朝他們罵了幾聲髒話，心不甘情不願地從其他人手中拿起一根棍子扔給黃煒仁。

棍棒「哐啷」一聲掉落在眼前，黃煒仁猛地上前抓緊，原來這才真正叫機會，是他親自爭取到的機會。他以意志力撐起傷痕累累的身軀，架式都還沒擺好江志偉便襲來。

「嗚！」

這棒讓他的左手臂幾乎要骨折了，可他沒有鬆手，飛奔朝江志偉揮了幾下，可惜沒有一次擊中。

「笑死人，你連蚊子都打不到還想跟我比啊？」江志偉輕而易舉地閃躲。

正當他再度衝向黃煒仁時，沒想到對方卻將棍子拋向前遮蔽他的視線。爾後黃煒仁伸出雙手拽住江志偉的衣領，把他狠狠甩在地，舉起拳頭往他的臉揍下去。

「不要再欺負我了！」

當拳頭擊中江志偉的那一瞬間，黃偉仁哭了出來，那些無處宣洩的恐懼與委屈總算得以釋放。這不是他該受到的待遇，任何一個人都不該被無緣無故地傷害。

「臭小子！給你機會居然來陰的！打死他！」

江志偉的兄弟們見這突如其來的反撲，趕緊拿起棍棒衝上前就要救援，誰知他們的後領突然被人猛地一拉，一個個往後飛似地撞上牆。

「嗚啊！發、發生什麼事了？」

他們錯愕地看著擋在黃煒仁身前那道瘦弱的身影，難以置信就是這個外表像是資優生的傢伙，一口氣將他們全部打倒。

蘇鴻智推了推眼鏡，冷然道，「還要繼續嗎？」

「可惡⋯⋯」眾人見大勢已去，隨即倉皇逃走。

看著意外現身的蘇鴻智，黃煒仁一陣鼻酸，「你、你怎麼來了？」

「我說過不會讓你意外身亡。」蘇鴻智冷答，他看著黃煒仁身前的棍棒問道，「為自己當一回英雄的感覺如何？」

黃煒仁看著發麻的雙手，朝江志偉臉上揍一拳的觸感還在，他輕聲道。

「我以前就有想過，那些被霸凌的人其實都是英雄，你想，如果班上一定要有一個人被欺負才會安寧的話，那獨自承擔這些的他們不就是默默在守護班上的和平嗎？很怪吧哈哈……我居然會這樣想。」

黃煒仁當然知道這一切都只是自我安慰，正因為是弱者才會被那些野獸盯上，但他就是想這麼告訴自己，他是個英雄。

蘇鴻智微愣，爾後將一盒ＯＫ繃扔給對方哼笑道，「是啊，最遜的英雄。」

11【期末考】

「噹噹噹——」

難得學生聽到鐘聲不急著下課，屁股仍舊黏在椅子上，焦頭爛額地抓緊時間寫考卷，不顧台上老師不斷喊著考試時間到快放下筆。

期末考才第一天就災情慘重，同學們趁著短暫的下課時間抱怨出題老師。

黃煒仁也是這場災難的受害者之一，不過是因為他雙手滿是瘀青和傷口，連握筆都有困難，每寫一個字全身的神經就在抗議。即便如此，他還是忍著痛寫到最後一刻，因為他發現考卷上的題目幾乎都是蘇鴻智曾經教過他的。

連他自己都覺得不可思議，這能說是他第一次看得懂題目。

他略帶崇拜地看著在座位上不為所動，翻開課本溫習下一堂考科的蘇鴻智，頓時有點慚愧。

無論是在課業還是生活方面，蘇鴻智都幫助了他很多，他當然也非常想回報，但那代價是他的性命。

黃煒仁看著自己貼滿ＯＫ蹦的手，緊握拳頭。雖然對蘇鴻智有點抱歉，但他下定決心要反抗、要奪回屬於他的人生了，這次他一樣會當好自己的英雄。

兩天期末考很快就過去了，今天也是簽下契約後的第六天，明天就是黃煒仁的死期。

結束期末考，同學們放鬆地聊天，討論接下來要去哪邊過暑假，偏偏老師夠絕情，硬是趕在下課鐘響前把部分考科的考卷改完，此刻正站在講台上準備發成績單。那嚴厲的嗓音一板一眼地唸出分數，不忘數落幾句。

「蘇鴻智，九十八分，又是班上最高分！」

當說到蘇鴻智時，老師語調讚賞地上揚幾分。可是領考卷的蘇鴻智眼裡卻少了平時的冷靜，染上了點歇斯底里，拳頭把考卷攥得發皺。在他走回座位的路上同學們紛紛恭喜他，只有黃煒仁隔著幾條走道，把資優生心裡的憤恨瞧得清楚。

那一刻，他總算稍微理解了蘇鴻智的話，他們都是活在地獄的人。每天早晨都期待著鬧鐘不會響，這樣就不用再擔心被恐懼給追上。

「黃煒仁、黃煒仁！」

「啊在！在！」

老師的大吼將黃煒仁的思緒拉回，他跳起身匆忙地走去講台，一路上雙手忐忑地摩擦著褲管想把手汗蹭掉。

站在講台前的他，像是個待宰羔羊般被俯視。老師的視線來回在考卷和他的臉上徘徊，爾後將考卷遞給他。

「八十四分，考得不錯繼續保持。」

入學三年以來，黃煒仁感覺自己是首次被老師正視，他發顫的手接過考卷，看著上面的紅筆確實寫著八十四，從沒被認可過的他內心湧起一股激昂。

「老師——他作弊啦！」

倏地一道聲音大喊，那是從最後方，黃煒仁後方的位置傳來的。江志偉手插口袋、玩世不恭地翹著椅子指控，這一句話讓原本對黃煒仁另眼相看的同學們開始竊竊私語，面露不屑。謠言像是一把熊熊烈火，迅速地蔓延整間教室。

眼前是一片敵視他的人，拿著考卷的黃煒仁下意識地縮起肩膀，想為自己辯駁的話卡在喉嚨。勇氣僅是一縷風，並不是時刻都會吹過。

「安靜！」老師的聲音也壓不過抗議的聲浪。

驀然一道身影站上講台，拿起粉筆字跡工整地在黑板上寫下一道數學題目。寫好後，蘇鴻智轉身將粉筆遞給黃煒仁。

「解給他們看。」

看著蘇鴻智堅定的眼神，黃煒仁接過粉筆，步伐堅決地站上講台，不到一分鐘就把答案算出來，吵雜的人群們瞬間安靜無聲。

「咳，你們兩個都回座。大家在沒有證據之前都不該亂說話。」老師輕咳了聲，接著話鋒一轉瞪向始作俑者，「尤其是你，江志偉。有時間懷疑別人不如好好讀書，考這什麼分數！」

回到座位上的黃煒仁呆望著手裡的考卷，宛如拿著的是一張魔法卡。他隱約地發現教室裡有某種氣場改變了，除了蘇鴻智，現在連老師都在替他說話。

「這世界只會重視有用的人，想活下去就證明你是個有用的人。」

放學，兩人來到超市前的籃球機，蘇鴻智將一顆籃球精準地投進籃框，他轉頭看向手裡依然拿著那張考卷的黃煒仁，把世界的道理說給他聽。說完自己卻眼神一沉，扭頭拿起另一顆籃球。

「我、我會證明我是個有用的人！」

即便此刻黃煒仁遍體鱗傷，連打一場籃球的力氣都沒有，他仍舊信誓旦旦地宣誓。

「你以為這麼簡單嗎？」蘇鴻智甚至都沒轉頭，繼續投著籃球道，「當你總算克服了一個難題，下一個又接踵而來。只要一點失誤，之前的努力就白費了，哪怕是稍微休息一下就會被追上、被擊垮。一直重覆著這樣的輪迴直到死亡，這就是人生，你懂嗎？」

黃煒仁當然知道蘇鴻智說的沒錯，只要還活著，只要還沒畢業，不管他反抗多少次，江志偉還是會來找他麻煩。就算畢業了，他能保證上了高中就不會再被霸凌嗎？未來一定還會有其他試圖摧毀他人生的人。

「但、但也不是只有難題啊！」

聽到黃煒仁這話，蘇鴻智投球的手一震，偏離軌跡的籃球繞著外框打轉，最終還是驚險地掉入籃框中。

「你知道我昨天被他們打的時候想到了什麼嗎？」黃煒仁續道，「我想起跟嫚宸去吃的那盤炒飯。」

當數十根棍棒如暴雨落下，他的臉、他的四肢、他的腹部，無一倖免。那一刻他真的以為自己死定了，或是就這樣讓他們打死算了。可那盤香氣四溢的炒飯伴隨女孩的笑聲浮現，讓黃煒仁想起他的人生不全然由悲劇組成。

他看著蘇鴻智的背影道，「當時我就在想……我是不是可以就這樣靠著期待那些細微的美好來活下去？」

雀躍的電子音樂響起，螢幕大大地閃現突破全部關卡的恭賀跑馬燈，蘇鴻智才剛轉身，便見到黃煒仁闊步向前，直指著他的鼻頭大喊。

「鴻、鴻智！跟我決鬥吧！如果我贏了就想辦法讓我活下去！」

12【不再害怕的感覺棒透了】

「你是白癡嗎？」蘇鴻智冷聲吐槽，他轉身背上書包道，「是不是漫畫看太多以為自己是熱血男主角了？」

黃煒仁意識到自己剛剛的話有多麼中二病後，倏地滿臉通紅，「我、我不是真的要打架的意思啦……就、就那個……該怎麼說……」

沒想到蘇鴻智打斷他的話，「總之就是由我來測驗你是否有資格活下去對吧？」

「對、對！」黃煒仁飛快地點著頭同意。

蘇鴻智瞇眼思索片刻，睜開眼後隔著厚重鏡片的那雙眼露出捉摸不透的光，「好。」

答應後他轉身帶黃煒仁回到學校，讓他先去頂樓等他，自己去準備測驗用具。

夕陽逐漸落幕，在地平線上浮出一層橘紅色的光，切割出藍天。黃煒仁嘆息地看著這幅美景，細想這幾日的種種，六天前他站上這裡的心境與現在截然不同。

「沒想到你還敢回來啊？」

一道低沉的聲音在身後響起，黃煒仁轉頭便見到手拿掃把的江志偉。他想起因為發考卷的那場騷動，老師罰他留下來打掃。而見到資優生與黃煒仁兩人進到校園，原本在走廊掃地的江志偉於是偷偷跟上前。

「志偉。」黃煒仁平靜地、無一絲畏怕的直呼其名。當他直視他曾經的恐懼，發現自己的身軀竟然不再顫抖、講話也不結巴了。

黃煒仁剛強的眼神讓江志偉詫異了下，隨之而來的是莫名的不快。他扔開掃把倏地掄起拳頭朝對方揍過去。

「誰准你這個廢人叫我的名字了！」

拳頭重擊在黃煒仁還未復原的傷口上，很疼，但不至於讓他退縮。他架起握拳的雙手護住頭部吶喊，「不管你揍我幾次都一樣，從今以後，我都還是會再站起來、還是會好好的活下去！」

江志偉停下拳頭，冷睇著這本該是食物鏈最底端的傢伙，爾後哼笑了聲。

「那你就現在去死吧。」

說完他使力一推，失去平衡的黃煒仁往後方跌去時才發現，原來剛剛他早已被對方逼退到圍欄邊。他腰部出力維持住後傾的上半身，接著反彈撲向前方的江志偉。

兩人在一大片水泥地上翻滾打鬥，一個使勁全力要將人推下樓，另一個拚命拉住對方。最後江志偉占上風，他坐壓在黃煒仁瘦弱的身軀上，兩手緊掐著他的脖子。驀地一罐滿是泡沫的液體潑灑在江志偉身上，他還來不及辨識出那股怪味是什麼，「喀擦」一聲點響打火機，他的身軀倏地燃出熊熊藍色火焰。

「啊！啊！救、救命啊！救命啊啊啊！」

即便那火只燃燒了短短幾秒鐘就熄滅，校園惡霸仍舊像個三歲小孩般在地上瘋狂翻滾著哭號。就在他差點滾到圍欄邊時，一雙手拉住他。

「志偉！冷靜點！火、火已經熄了！」

黃煒仁抓著對方的襯衫將他拖到安全地帶，冷靜下來的江志偉睜開迷濛的眼，看著自己的身軀，一點被火燒過的樣子都沒有。可他還是戰戰兢兢地看著一旁手拿塑膠瓶的蘇鴻智，那塑膠瓶外寫著「酒精」。

「你這殺人魔！」江志偉憤恨地朝蘇鴻智咆哮，卻顧忌地不敢上前。

蘇鴻智一步步走向對方，拿起塑膠瓶作勢潑灑道，「你想再試一次嗎？」

雖然江志偉是壞人，但他不是瘋子，而這也是他第一次知道瘋子長什麼樣子，於是他趕緊倉皇地逃下樓。

「連他都打不過還想跟我決鬥？」

看向黃煒仁的蘇鴻智無奈地嘆口氣，資優生的腳邊有一只翻倒的紙盒、幾瓶白色塑膠罐和飄散在四周的棉花，這些原本是他精心準備來當測驗的工具，但全都搞砸了。

「鴻、鴻志，你剛剛真的、真的要殺了江志偉嗎？」黃煒仁跟在追著棉花的蘇鴻智身後問道。

資優生冷嘖了聲，「我要殺他還不簡單，那火燒不死人的。本來是要拿來當測驗，現在全毀了。」

「測驗？什麼測驗？」黃煒仁詫異地問道。

蘇鴻智沒有回話，把手裡好不容易抓到的一團棉花放在地上倒點酒精，接著打開一罐標示「氯化鋰」的白色塑膠罐撒在上面，點火，那團棉花瞬間迸出血紅色的光芒，讓黃煒仁看得目瞪口呆。

「這是……焰色反應？」黃煒仁回憶著蘇鴻智教過的化學內容。

「對，原本想說做幾個化學實驗讓你猜材料和原理當作測驗。」

聽蘇鴻智一絲不苟地解釋，測驗內容確實很符合資優生的設計。黃煒仁看著被風吹遠的棉花，靈機一動。

「鴻智！你書包裡有廢紙嗎？」

說完黃煒仁從自己的書包中掏出幾張練習卷，先是折成紙鶴的形狀，然後在中間戳一個小洞將化學材料倒入，最後用酒精把紙鶴的尾巴染濕，點上打火機後迅速地擲入空中，那紙鶴瞬間化成一團綠色的火球，像極了煙火。

蘇鴻智呆望著一閃即逝的火花，然後聽見黃煒仁興奮地喊道，「快啊！」

兩人迅速地完成好幾隻煙花紙鶴，一隻隻點燃、一隻隻綻放於空中，橘紅色、紫藍色、暖黃色，在落日完全消逝的夜空中，宛如為自己親手打造一片星海，銀河近在咫尺。

然後蘇鴻智看到，其中一隻紙鶴身上紅筆寫著的九十八分一點一點被火舌吞噬，那一瞬間他卻想起第一顆籃球刷網進籃的顫慄，也終於願意張開雙手接納迎面而來的風。

他大喊，「這感覺棒透了對吧！」

「對啊！超漂亮的！」

狂風捲起蘇鴻智的瀏海，附和後的黃煒仁這才發現原來對方額頭上有幾顆青春痘，那大概是他第一次見到蘇鴻智的笑容，稱不上靦腆或是開懷，但很屬於青春期的男孩，他這才恍然他們確實就只是十五歲的青少年，人生的進度條連五分之一都不到，不應該思考這些。

應該想想晚餐吃什麼、看哪部漫畫、隔壁班的女孩。

風聲把蘇鴻智的回話切割的好細碎、好細碎，直到最後一隻紙鶴燃燒殆盡，然後世界的動盪終於迎向他，黃煒仁這才將那句話聽清楚。

「我是說不再害怕的感覺，你這個笨蛋！」

13【第一個任務】

一間全白透亮的房間中央漂浮著一顆暗紫色的巨型水晶球，仔細一看，便能發現水晶球上有著大小不一的陸地以及大片海洋，宛如一座巨型地球儀。神秘的光影時而在球體表面閃動，尤其是台灣形狀的地圖忽地閃出一抹茜紅色的光，一道身影便倏地出現在房間裡。

頂著一頭修剪整齊的好學生髮型與厚重眼鏡，他是蘇鴻智。

而這裡，是死神界。

蘇鴻智瞇起眼，不管回到這裡幾遍還是不習慣，太過白亮、太過安靜的世界，乾淨安寧的太過諷刺。在他走出房間後，身後的水晶球又閃出幾道光芒，陸陸續續有人回來。

房間外蜿蜒的走廊也是一樣的白亮，蘇鴻智一路走到最底處，那兒有一台電梯。進入電梯後他看著只有三個按鍵的面板，R、M、B，接著按下B。

超高速電梯讓耳朵出現耳鳴症狀，但對死神不構成影響。

「叮——」，電梯門打開後，一大面的置物櫃出現在眼前，每一個櫃子都有鑰匙孔，左上角則都標上了編號。蘇鴻智沒有直接走到置物櫃前，反而來到旁邊一台形似自助式結帳的機器邊，那台機器沒有螢幕，只有上下兩個出入口。他從口袋掏出契約書由上面的入口投入，沒多久就從下方出口掉出一把鑰匙。

蘇鴻智拿著鑰匙，走到對應的置物櫃前打開門，拉出滑軌鐵板，上頭躺著一具焦黑無法辨識身分的大體，原來這一大片的置物櫃是停屍間。

他看著那具大體，眼皮眨也不眨地道，「喂，起床了。」

「啊啊！不要、不要！好燙！火、有火！」

那具大體猛地彈起身，發瘋似地拍著自己的身軀似乎想滅火，隨著他的抖動掙扎，黑炭一點一點地剝落，然後完好無缺的黃煒仁再度浮現。

「冷靜點！已經沒有什麼可以傷害你了。」

蘇鴻智抓住男孩的雙手，黃煒仁全身仍舊顫抖緊閉著眼，聽到熟悉的聲調後緩緩地瞇開一隻眼。

「鴻智？」

他納悶地看著眼前的資優生，爾後環視陌生的周圍，最後看著坐在滑軌鐵板上的自己，「這是哪……我……是不是死了？」

蘇鴻智沒說一句話，他鬆開手，點了點頭。

「哈……」黃煒仁的身軀像是顆洩氣的氣球般縮起，他抓起自己的瀏海瞪大眼笑了。爾後看向蘇鴻智，「那個酒精桶……裡面的溶液你沒有稀釋對吧？」

「你會思考了。」蘇鴻智點頭回應。

黃煒仁想起在他們放完紙鶴煙火後，他朝蘇鴻智問剛剛對江志偉使出的招數。資優生說很簡單，只要把一些化學溶劑稀釋後用點泡沫就能讓火燃燒又不傷及人體。

隨後蘇鴻智指著另一桶備用的酒精桶問，「要試看看嗎？」

從一開始蘇鴻智就沒有要讓他活下去的打算。

「為什麼……」黃煒仁低聲哽咽，「我是、我是真的很想活下去的啊……為什麼要陷害我！」

他激動地掄起拳頭朝蘇鴻智的臉揍下去，但對方絲毫不為所動，而黃煒仁也發現，自己的拳頭沒有當時揍了江志偉的那種真實感，就連底下坐著的鐵板也是，他應該要感覺到冰冷，卻什麼感覺都沒有。

「奇怪……明明感覺不到疼痛應該是件開心的事，但為什麼我的眼淚卻一直掉下來……嗚嗚……」

曾經為了擺脫疼痛寧願放棄生命的男孩，此刻掩面痛哭。

這場景蘇鴻智早已見過許多次，他等到對方稍微平靜後才道，「走吧，我帶你去繞一繞。」

黃煒仁沒有選擇，只能跟在資優生身後。兩人出了這棟大樓，外面的街景讓黃煒仁一陣錯愕，民宅、街道、商店，幾乎跟人間一模一樣，只是安靜又空蕩。

他們一路漫無目的走著，或能說是飄著，黃煒仁此刻才發現自己沒有像生前那樣的實體，而是腳尖離地幾吋地飄在空中，難怪移動的速度飛快。

「這裡以後就是你家。」

根本不需要蘇鴻智開口，黃煒仁抬頭看著與他生前一模一樣的房子，飛也似地衝進門大喊。

「媽！」

可回應他的只有空盪的餘音，家裡所有的陳設一如往常，除了他沒有任何人存在。黃煒仁瞳孔閃動，淚水又湧出眼眶，他在與世隔絕的屋子裡伏地痛哭。

「桌上有一本《死神指引書》，有空可以先翻閱一下預習。任務來的時候會直接被傳送到剛剛那棟大樓，你不想接也可以直接回來，沒人會管你。其他時間……」

不顧黃煒仁依然趴在地上，蘇鴻智迅速地介紹，說到最後他卻頓了頓。

「想做什麼就做什麼吧，你自由了。」

說完，他便轉身離去。

蘇鴻智再度回到大樓，按下電梯鍵上的R，回到巨型水晶球前。他站在台灣形狀的地圖前，伸手要碰觸時，身後有人叫住他。

「你要去哪裡？」

黃煒仁不知何時跟在他身後來了，蘇鴻智放下手轉頭道，「我還有一天的時間。」

看著眼前如同地圖的水晶球，黃煒仁的思緒慢慢連成一條線，「你要回人間嗎？我也要回去！」

「要接獲任務才可以回去，我不是說過了。」蘇鴻智皺眉。

黃煒仁奮不顧身地衝上前瘋狂按著水晶球上的台灣喊道，「至少、至少讓我跟我媽好好道別吧！」

但水晶球卻閃出一道紫黑色的光將他彈開，不管黃煒仁試了幾次都一樣。因為感受不到疼痛，所以他可以一再地衝過去、被彈開。就算靈體剎落了幾塊銀光在地，也不死心地繼續衝撞。

「你冷靜點！如果靈體消失，那就真的連回去人間的機會都沒有了！」

蘇鴻智奮力地拉住失控的少年，直到黃煒仁哭坐在地才鬆手。他重新站回水晶球前，手指伸向台灣的北部。

可此時身後的黃煒仁又道，「你還沒……跟我說你要去哪？」

「之前，我補習的地方有一隻貓。」蘇鴻智的手指停留在空中，緩緩道，「每次補習結束後牠都會在那個地方等我餵牠。不像我的父母、老師或是同學，牠就只會吃，不會問我成績。我以為在我死後沒有人會替我難過，但是……牠每天都在同個地方等我。」

聽到這話，一股怒火又從黃煒仁心裡竄起，他多想朝對方咆哮，難道就為了一隻貓奪走他的生命嗎？

他以為蘇鴻智會懂，同情他生在地獄的痛苦。是的，他們都是活在地獄的人。但他錯估了一點，那就是對方跟他一樣，那股想留在人間的渴望。

各種想罵的話只能吞回肚裡，他看著蘇鴻智點下地圖，一道紅光乍現，資優生的身姿在光裡逐漸模糊。黃煒仁追上前，想要罵對方好好珍惜生命，但又覺得這用詞不夠準確，於是朝著蘇鴻智僅存的身影哭著大喊。

「給我去好好享受人生啦！混蛋！」

回到空無一人的家，黃煒仁呆望著桌上的《死神指引書》，隨意翻了幾頁。驀然耳邊響起一道「嗶」聲，他一瞬間又回到了水晶球前。黃煒仁錯愕地環視四周，沒想到他的第一個任務來得這麼快。

他這時才注意到水晶球旁邊也有一個地下置物櫃旁的那種自助式機器，不一樣的是這台機器有螢幕，正發出聲音閃著「Mission」的字樣。黃煒仁走上前點了點螢幕，面板瞬間出現一具赤裸且連性別都看不出的人體，他困惑地看著旁邊的按鈕，性別、長相、身形都可以做選擇，還有一個「Normal」。

黃煒仁好奇地點下「Normal」，面板上的人體便轉變成他原本的樣貌，一樣的髮型、一樣的學生制服。在他按下確認後，機器下方的出口便掉出一張契約書。

獲得人體的黃煒仁拿起契約書走到水晶球前，他發現台灣的地圖正閃著紅光於是點下，在光速的運行下，白亮的房間倏地離他遠去。

當黃煒仁再次睜眼，熟悉的橘紅色夕陽就在面前，他回到人間了。接著他詫異地發現，這裡是他第一次跟蘇鴻智見面的那棟樓頂。

此刻他就站在樓梯口，看著一道身影背對著他坐在圍欄邊。

黃煒仁馬上明白，這人就是他的任務對象。他悄悄地走過去，隨著越接近就越把那人的身影給看清晰，瞳孔也逐漸睜大。

隨著那人緩緩地轉頭，他訝然開口。

「江志偉？」

（End.）

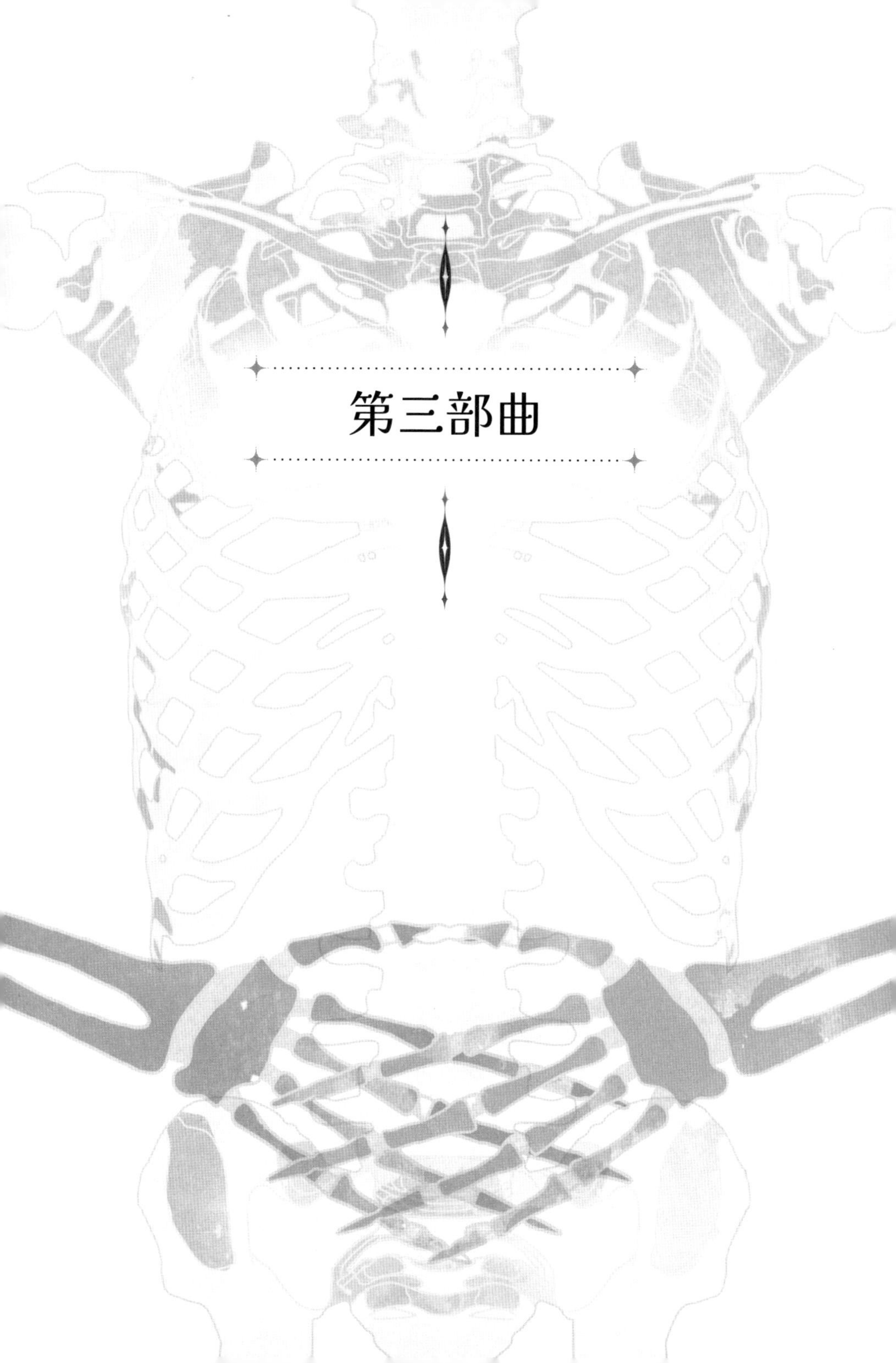

第三部曲

01

【母親】

「ようこ?真巧——我女兒的名字也是這樣發音的呦。『ようこ』,洋子。」

紀之國屋裡的走道不寬敞,兩道佇立於冷藏蔬果區前的身影頓時顯得突兀,有些繞道而行的客人甚至回頭低聲數落,「到底是怎麼教孩子的?」

留著一頭短捲髮的婦人正專心閱覽手中文件,絲毫不受旁人耳語的影響,最後她沒問任何問題便在死神契約書上簽下「雨宮結月」四字,接著謹慎地將紙捆成一捲再以細紅線束起,蹲下身交給面前穿著一襲墨色傳統浴衣,年紀約莫八歲左右的小男孩死神。

「這七天請多多指教了,陽。」雨宮結月和藹地點了點頭。

「嗯。」

陽面無表情地點了點頭,將契約書收好後昂起頭看向雨宮結月,稚嫩的臉上沾有些許髒汙,那純真的童顏讓婦人想到女兒洋子小時候從公園玩回來的模樣。她從口袋掏出手帕,一手抓著陽的手臂,另一手輕輕擦拭對方的臉叮嚀。

「人啊，可是要時時刻刻保持體面的模樣，更不能總是苦著一張臉。來，笑一個。」

即便細小的皺紋在眼尾堆起，雨宮結月仍穿著一襲正裝，帶有蕾絲領帶的白襯衫與直筒卡其色西裝褲，西裝外套也是成對的卡其色，合身地貼合玲瓏的身段，這是她以往在職場上最令部下聞風喪膽的戰袍，一點也不像是臨近六十歲的老婦人。

她臉上始終掛著笑意，可那種笑卻猶如一副面具，彷彿肉毒桿菌打多了連神經都被麻痺無法操控。那張笑臉倒映在陽大睜的瞳孔裡，令小男孩不自覺地瑟縮起肩膀，原本被對方以指頭戳起的單邊嘴角瞬間失去支力，像彈性疲乏的橡皮筋，又恢復成木偶般的漠然神情。

雨宮結月瞇細眼眸打量著小男孩，嘴脣欲言又止地開闔了幾下，接著環視一眼周圍。

下班時間的超市人很多，尤其會來這處消費的多是顯貴之人，得好好注意形象。雨宮結月只好輕咳了聲起身，將滑落肩膀的背包肩帶拉回。

接著笑道，「都快七點了啊！要趕快買晚餐的食材回去才行，陽肚子也餓了吧？」

縱使陽搖了搖腦袋，晚餐時間他面前的白飯依舊被盛裝滿滿一大碗，而坐在對面的雨宮結月不斷夾著各式蔬菜伸長筷子放入他的碗裡，嘴中一邊唸著那些蔬菜吃了對身體有什麼好處，直到兩根細長的木筷間夾著一塊紅蘿蔔時，陽飛快地捧起碗躲開。

雨宮結月見狀詫異地愣了下，爾後輕笑，「我們家洋子以前也很討厭吃紅蘿蔔呢。」

說完她起身走到陽的身邊，彎下腰，成年人巨大的身影瞬間籠罩住孩子嬌小的身軀，形成一股無形的壓迫感。對於一個才認識不到半天的孩子，雨宮結月儼然已自認為是男孩的親生母親，一手攬著陽的肩膀，將紅蘿蔔遞到他嘴邊。

「但，陽是好孩子，對吧？」

她的笑容如同恐怖電影中追殺人的小丑，話裡有著不容質疑的威嚴在。陽眨了眨眼睛看向女人布滿血絲的瞳孔，聽話地張嘴將紅蘿蔔吃下肚，雨宮結月這才心滿意足地走回自己的座位上繼續用餐。

餐桌上方有著一盞圓弧形小吊燈，暖黃色的燈光撒在桌上使食物看起來更加溫馨可口。然而空氣中卻瀰漫著一股詭譎膠著的氣氛，按常理來看，死神的地位應當高於委託人，偏偏陽在這張餐桌上卻更像是隻被捕食的小動物。

如同一個沒主見的木偶，只是安靜地將飯吃完，接著聽從雨宮結月的指示跟上樓準備洗澡。

雨宮結月率先推開一扇房門，一間看起來像是孩子的房間，書桌上的文具與書籍排列井然有序、床鋪上的棉被折得整齊。

唯一讓人感到眼花撩亂的是掛滿三面牆的各式獎狀、獎牌。得獎經歷囊括各科學業、美術、運動、樂器等面向，主角皆是「水野洋子」一人，那位最令雨宮結月自豪的獨生女。

看著小男孩仰望環視著房間，雨宮結月的口吻不免有點得意了起來，像是在介紹自家商品的商人。

「洋子她啊，從小就是個很了不起的孩子。雖然我先生在她出生沒多久就過世了，但她很懂事很體貼，才幼稚園時就會幫我切菜了呢。」邊說雨宮結月邊指向牆面上幾張獎狀，「而且不管是課業、運動都很出色。你看這些，都是她小學三年級的運動會時拿到的，那天比完短跑就馬上去跳高比賽，晚上還參加了社區的鋼琴比賽，那場參賽者很多可都是國中生了啊！我們洋子還能拿到獎真的很了不起。」

隨著對方的手指，陽看過一張張獎狀，而雨宮結月一旦說起女兒，就很難停下來，接著又道。

「洋子大學考上了人人稱羨的東京大學，她的先生也是同間學校醫學系畢業的，現在在東京大學醫院擔任外科主治醫生，兩個人都是很棒的孩子啊。」

陽沉默地點頭，緩緩走到床邊。這時，他眼尖地發現床與牆壁的縫隙間藏著什麼，於是倏地爬上床。

「陽！」雨宮結月見狀大喝，伸手就要將人拖下來，「快下來！外面的細菌很多，要洗完澡才可以上床啊！」

最後陽被婦人抓回地面，手中卻緊抓著一隻髒髒舊舊的小兔子玩偶。

「哎呀這孩子真是！」

雨宮結月一見到那隻小兔子，眼神頓時泛起不悅，她迅速地奪過陽手上的布娃娃，俐落地扔入垃圾桶裡碎唸，「早就跟她說過少買這種沒用的東西了，而且這娃娃都這麼舊了還一直擺著不丟。啊……也可能是嫁出去以後太少回家沒空整理的吧。」

發現陽盯著不斷碎唸女兒行為的自己，雨宮結月趕忙在最後緩頰為對方找了個藉口。

而從超市開始便一語不發的男孩總算開口。

「那是姊姊想要的路嗎？」

聽到對方的問題雨宮結月一愣，陽指著牆上的獎狀再到梳妝台前的新婚照，又問了一遍，「那是姊姊想要的路嗎？」

意會對方的問題後雨宮結月蹲下身，雙手搭在男孩的肩膀上，耐心諄諄告誡道，「陽還是孩子所以不懂吧？父母這個角色可是把世界上所有的路都走過了，才有辦法告訴孩子哪條路是對的，哪條路禁止通行。只要照著我們規劃好的路走，就一定能有美好前程，不用擔心受傷喔，這可是每一位父母的責任。」

男孩眨了眨懵懂的眼睛，再次看向婚紗照裡靦腆笑著的女孩與一本正經的男人。

「那，姊姊現在在哪裡呢？」

這個問題再次讓雨宮結月停頓，跟剛剛不同，她的眼神黯淡下來看向地面、低垂腦袋，手指緊掐著男孩的肩膀，和服布料都堆起皺摺。

「洋子她……上禮拜在家中上吊自盡了。」

02【婚紗】

水野洋子自殺前一年。

會跟高橋樹太郎認識其實也是因母親安排的相親，雖然就讀同一所大學，但高橋樹太郎就讀的醫學系距離其他系所有一大段距離，金融系的水野洋子就學期間甚至都沒走進未婚夫所在的大樓過。

相親結束後他們有過幾次約會，緊接著就論及婚嫁。

進展會這麼迅速的主因是雨宮結月對這位女婿很是滿意，無論是外表、學歷、工作皆是無可挑剔。想當初，她可是透過了一層又一層的人脈才促成這段緣分，自然比誰都更關切兩人的關係。只要看到女兒空閒在家，就催促著對方做點菜送去醫院給高橋樹太郎。

如今坐在婚紗店的L型真皮沙發上，雨宮結月驕矜地看著女兒穿上婚紗的模樣，身後一襲純白長紗拖曳在地，形成一條蜿蜒卻明亮的小徑，就如同她一步步精心為洋子鋪砌的道路，那是通往成功的路、是幸福的軌跡。

「怎麼樣？媽覺得這件蠻不錯的，收腰的部分做工很細，水鑽也很別緻。而且妳本身臀部太豐厚，這件也有修飾的效果。」

雨宮結月起身在女兒身邊轉來轉去，一一點評。

而主角水野洋子看著全身鏡中陌生的模樣，不自在地拉了拉一直下滑的胸墊。

她看著鏡中反射出母親臉上掛著愉悅的笑臉，替她整理裙襬的身影，小心翼翼地開口。

「媽……我一定要跟高橋先生結婚嗎？」

她飄忽的眼神瞬間被鏡中母親銳利的眼神捕抓，來不及逃開。全身皮膚像是被數根尖刺狠狠扎著，這感覺她並不陌生，從小只要說錯一句話，就得這樣煎熬上一段時間。

「妳說的是什麼話？」

即便臉上的笑容絲毫未減，可雨宮結月的嗓音明顯下沉，一股無從抵抗的壓迫打在水野洋子的胃上。她慶幸兩位店員小姐就在不遠處，讓雨宮結月不敢有太大的動作。

「我是擔心妳！」

水野洋子先發制人，猛然地轉身讓身後的母親退開幾步，她懇切地道，「我出嫁後就不能住在家裡了，這樣以後誰來照顧妳的生活？媽不是最近才在抱怨曬衣桿太高，容易手痠嗎？妳看，這樣我怎麼能夠放心啊！」

說完，水野洋子還裝作委屈地嘟起嘴撒嬌。而聽到女兒的解釋，雨宮結月鬆口氣露出欣慰的笑容，不愧是她教出來的孩子，這麼懂事體貼。

她看著女兒一頭端莊的烏黑秀髮，當初高橋家就是看上她們家洋子這副大和撫子的模樣，不像其他亂七八糟的女人。

「沒關係，我會常去你們家拜訪的，高橋先生也說過很歡迎我去。妳啊——別給高橋先生添麻煩就行了。」雨宮結月親密地挽起洋子的手臂，看著鏡中女兒盛裝的模樣嘆口氣，「唉，不過確實看妳出嫁，媽媽真的好不捨啊。辛辛苦苦養大的寶貝就要拱手讓人了。」

「所以就不要結婚嘛，好不好？拜託？」女人此刻就像是跟家長吵著要糖吃的小女孩，不斷搖晃母親的手臂。

「不行。」

而雨宮結月僅僅吐出兩個字，就讓原本還打算胡鬧下去的水野洋子收斂起來。她如臨大敵地鬆手、挺身，不安地瞥向母親臉上捉摸不透的笑臉。她突然想起小時候也是這樣，每天放學母親開車來接她時，開車門前她都會深呼吸幾次做足心理準備才敢開門。

不知道今天母親的心情如何？這是每天的難題。

「我希望洋子能一輩子都幸福。」

幸好今日雨宮結月的心情不錯，水野洋子的世界才得以放晴。

兩人挑選完婚紗後，原本打算去附近的咖啡廳稍作歇息，水野洋子的手機卻在這時響起，當雨宮結月看見來電者是高橋樹太郎後，連忙催促著女兒接起。

「高橋先生，請問有什麼事嗎？」

「啊是的，我剛跟媽挑完婚紗，正要去咖啡廳。」

「你那邊工作結束了可以一起過來？嗯，好，我把地址傳給你。」

電話剛掛斷，水野洋子才打算轉頭跟母親說些什麼，雨宮結月嚴正的嗓音便率先攻來。

「我不是說過了，高橋先生在醫院這種高壓環境下工作，身為未婚妻的妳不該好好關心一下對方嗎？語氣再更溫柔更親切一點嗎？妳剛剛那種態度是客服小姐嗎？他可是下禮拜就要跟妳結婚的男人，妳下輩子的幸福都仰賴在他手裡了！」

水野洋子一語不發地垂著腦袋領受母親的訓導，兩隻手的大拇指與食指相互緊捏，侷促不安。分明是即將邁入婚姻的三十歲婦女，她卻還活得像是個孩子，好像她的人生做什麼決定都是錯的，說的話、吃的食物、走的路，每一個地方都必須讓母親糾正。

「妳啊——不要以為現在年輕，丈夫會寵著妳、讓著妳，追在妳身後跑。等過了十年後，妳就算追著他討孩子的養育費，他可都未必願意拿出來了。」

其實水野洋子從來沒去深究雨宮結月說的話到底正不正確，畢竟，她的意見從來都不重要。跟母親相比下來，她永遠就只是個思考不周全的人。

直到高橋樹太郎進入咖啡廳，這場斥責才告一段落。

一見到女婿朝她們的方向走來，雨宮結月的臉上立刻堆出笑容，彷彿剛才在和女兒討論什麼有趣的事，收放自如。

她以手肘推了推女兒，水野洋子這才趕忙拿來菜單給對方，順道向服務生要了一杯水。

「哎呀——還讓你特地跑這一趟。」雨宮結月客氣地招呼，不忘吩咐女兒，「洋子還不快把手帕拿出來替高橋先生擦汗。」

「沒關係，剛好離醫院很近，而且我也想問看看洋子婚紗挑的如何了？」

高橋樹太郎是那種一眼就能讓人感受到穩重的成熟男人，可能也是有身高與肩寬的優勢在。但隔著細框眼鏡後的那雙單眼皮，卻讓人感到有些疏離。其實第一次見面時，水野洋子看到對方是有些畏懼的，總覺得這人格外冷淡，可母親說這樣才好，不用成天擔心丈夫外遇。

「我們今天可是看了至少五、六間店了呢，終於找到一件適合洋子的白紗。

不管是尺寸、樣式都很完美。」

「那白無垢的部分有找到了嗎？」

「那當然，畢竟高橋先生說過你們家的長輩比較傳統，我們第一個就先去找白無垢了。」

「您辛苦了。」

雨宮結月就像是水野洋子的代言人，不管高橋樹太郎問了什麼問題母親都早一步替她回答。而她只需要負責適時的替兩人添茶水，以及維持好溫婉的笑容陪襯。

最後雨宮結月拉起女兒的手，感慨地交付在高橋樹太郎的手裡，緊握著兩人的手道，「我們家洋子就交給你了啊。洋子，結了婚以後就要聽丈夫的話，知道嗎？」

高橋樹太郎點了點頭，應聲承諾。

而對水野洋子而言，她不過是從原本的監獄被過戶到另一個監獄裡。

一間百貨公司十一樓的西式牛排餐館裡，服務生小心翼翼地為一桌從衣著就能斷定為貴婦的女士們送上南瓜濃湯。湯匙攪拌著橘黃色的熱湯，銀色勺面蒸出一道霧氣，趁著冷卻時間，一張張紅唇迫不及待地裂開嘴。

「妳們聽說了嗎？雨宮太太的女兒上禮拜好像在家裡自殺了呀！」

「家裡？是夫家還是娘家啊？我聽說是墜樓的呢。」

「怎麼會這樣！雨宮太太不是都說結婚後女兒的生活變得多幸福，女婿對她們母女多好嗎？」

「唉唷——那當然是場面話啊，雨宮太太平時多愛面子，這誰不知道？」

「我猜啊，可能是夫妻失和但又怕離婚丟臉，只好……」

「不會吧！不過是失和而已有必要自殺嗎？而且我記得她老公是在東京醫院擔任外科主任的那位醫生對吧？」

七嘴八舌間，沒人察覺濃湯早已發涼，直到一只黑色真皮名牌包在餐桌上落下，一道身影佇立在餐桌邊，婦人們瞬間安靜無聲，像導師不合時宜地闖入喧鬧的教室裡。

「新田太太、中村太太、鈴木太太、佐藤太太，好久不見了啊！」

雨宮結月面帶和氣，其他四位太太倒是面容有點不安與尷尬，乾笑著招呼對方就坐。這時，她們才見到對方身邊跟著一位沒見過的小男孩。

「這位是？」

雨宮結月拉起陽的手帶到眾人面前介紹，「啊，這是親戚家的孩子叫做陽，這幾天他父母有事情，孩子托我照顧。陽，快跟阿姨們打聲招呼呀。」

陽靜默地環視四位婦女一眼後，點了點頭。

這舉止在雨宮結月眼裡簡直是無禮，她一字一句加重音量重複了遍，「陽，我說，快跟大家打聲招呼，快點。」

「妳們……好。」

小男孩微弱的聲音這才緩緩從齒縫迸出，但顯然還不夠讓雨宮結月滿意。她臉上凝重，拉起陽的手就要把人拖走時，餐桌邊離她們最近的新田太太趕忙起身緩頰。

「雨宮太太啊——才剛來怎麼又急著走？坐下來跟我們聊聊嘛！」

服務生很快就為眾人送上餐點，也給了陽一套兒童餐。小男孩才拿起幾根薯條塞入嘴中，剩下的盤子便被雨宮結月推到一邊。她跟服務生拿了一個小碗，將自己的牛排、青菜以及麵分給對方。

「要少吃那種垃圾食物喔。」雨宮結月嘴裡含笑，眼神卻瞪了陽一眼告誡。

接著朝其他太太寒暄道，「不過真巧啊——沒想到會在這邊遇到大家，想說這禮拜群組很安靜，是不是例行的聚餐暫停一週了呢？」

中村太太趕忙擺了擺手道，「哎呀——我們是想說，妳女兒的喪事剛結束，怕妳心情上還沒調適過來，不敢打擾妳。」

「對啊、對啊。」鈴木太太附和道，「妳也知道，我們都很關心妳和洋子，參加喪禮時見到妳這麼憔悴，想說讓妳好好休息一陣子。」

「原來是這樣啊。」雨宮結月點了點頭，淺笑地微微鞠躬道謝，「真的很謝謝大家的體諒。」

其他太太見狀亦是跟著回敬禮數，舉手投足間都彰顯出上流社會的風雅，接著慰問雨宮結月的近況。

而向來好強的雨宮結月，今天身穿一襲上頭綴著紫藤花的黛墨色和服，頂著一臉精緻妝容，一點也不像是剛經歷過喪女之痛的母親。

就像她時常告誡女兒洋子的話，人要時刻得體，才不會被他人看輕。

幾句閒話家常下來，原本還有所顧忌的眾人們紛紛打探道。

「不過……洋子要自殺的前一天，雨宮太太都沒察覺到哪邊不對勁的嗎？」

「對啊，妳之前不是說過，妳們感情好到每天都會通電話的嗎？洋子在電話裡聽起來怎麼樣？」

「我記得前一天我們原本也有聚會，但妳說女兒約妳吃下午茶所以就不參加了，我們那時候還很羨慕妳，女兒就算出嫁還是很關心媽媽，很體貼呢。」

縱使這些話包裝的再委婉，落在當事人耳裡卻是赤裸的諷刺、責備與批判。

「身為她的母親，妳怎麼沒發現她想自殺呢？妳怎麼沒有阻止？要是當初多關心她的話，也許就不會發生了。」

就算沒有說出口，從眾人的眼神中多少能讀出這層意涵。

雨宮結月多想大聲咆哮，她不也是這次事件的受害者嗎？

在她眼中，就像是個一直以來都正常撥放著美妙樂曲的精美音樂盒，有天就毫無預兆地停止了，她甚至找不出是裡頭的哪個螺絲鬆脫，這個世界也沒留給她任何挽救的機會。

原諒生者似乎就是背棄死者的傷痛，於是她淪為一個十惡不赦的遺族，由她一人背負社會的輿論與譴責。

她成為了一位失敗的母親。

而這是雨宮結月絕不容許發生的事。

「其實洋子她啊……」

說到這，雨宮結月先是停頓一陣，貌似傷感地抽了兩下鼻子、揩眼角，發現其他人都睜大眼盼望她繼續說下去時，才道出口。

「患有不孕症。」

周圍的太太們一聽，泛起陣陣驚呼，「怎麼會！那孩子不是很健康的嗎？」

「詳細原因醫生也不太明白，也許是年輕的時候受過運動傷害，也可能是生活壓力造成的。妳們也知道洋子那孩子，從小就對自我標準很高，可能是長期累積下來對身體造成傷害的吧。」

「洋子她啊……知道是自己的問題後，一直對高橋先生感到很抱歉，心存愧疚。雖然我和高橋先生不斷安慰她、開導她，告訴她這不是她的錯，但最後還是沒能守住她……」

自殺的理由如果正當，便能洗刷一世的汙名，保全死後的評價，成為一種光榮的、有意義的行為。

此刻，眾人的腦海中不免聯想到一名忠貞的女性，因辜負夫家的期待而以自盡謝罪，多麼崇高的一個人啊！一瞬間，水野洋子的自殺就成了受人敬重的表率。

而培養出這位孩子的雨宮結月則是位成功卻悲慘的母親，值得同情。

至少，在除了陽以外的人眼裡看來是如此。

結束聚餐走到地下停車場的路上，陽仰視著身旁的雨宮結月問道，「姊姊真的是因為這樣自殺的嗎？」

臉上貫有的笑容一僵，雨宮結月俯視著小男孩，她發現自己的身影在那雙純淨的眼裡產生動搖，趕忙咳了聲鎮定心神。

「我會不了解我的女兒嗎？她可是我親自培育出來的孩子啊。」雨宮結月振振有詞地道，「況且當初都是我陪著她去婦產科檢查的，沒人比我更了解她的情況了。好了，快走吧，別在停車場這種危險的地方逗留太久。」

說完她邊快步走向自家銀色轎車，邊往包包翻找車鑰匙。而陽停在原地看著她，過了片刻才開口。

「我知道喔。」

「什麼？」

「姊姊自殺的原因。」陽眨了眨眼睛道，「她有偷偷跟我說。」

雨宮結月瞪大眼，她轉身迅速衝到陽面前，猛然掐著他的雙肩晃道，「你、你有遇到洋子嗎？怎麼現在才說！她在哪？過得怎麼樣啊？有沒有什麼話要對媽說的？」

面對雨宮結月一連串的問題，陽始終保持一雙平淡的眼神，重複一開始的提問。

「妳不會想知道嗎？姊姊真正自殺的原因。」

04【備孕】

水野洋子自殺前一個月。

與高橋樹太郎結婚已經過了將近一年，這段婚姻與其說是幸福美好，不如說是相敬如賓。身為主治醫生的丈夫經常沒有回家，對水野洋子而言早已是家常便飯。就算在家的時候，高橋樹太郎多半會把自己關在書房裡，留妻子一人打理家務，晚上也是分房睡。

兩人唯一會同房睡的時候，是在水野洋子的排卵期間。

可即便努力了多月，水野洋子的肚皮還是安靜無聲。

某天雙方家庭聚餐時，鋪上白色桌巾的長方形餐桌上，一邊坐著高橋樹太郎與其父母三人，對面則是坐著水野洋子與她的母親。家長們熱絡地談笑，而水野洋子則是將剝好的蝦子放入對面高橋樹太郎的碗中，盡責地服侍好她的丈夫。

高橋的母親見狀不免誇讚了幾聲，「洋子真是個好女孩呢，平時我們樹太郎都托她照顧了。」

「哎呀——別這麼說，洋子才是因為嫁給嫁給樹太郎後，氣色變好了呢。」雨宮結月趕忙謙和地笑道。

餐桌上唯一的熱鬧來自兩位貴婦一來一往的寒暄，而原本坐在中間默不吭聲的高橋父親，驀然夾起一尾炸蝦放入水野洋子的碗裡。

他語重心長地道，「多吃點，我看妳就是太瘦弱了才一直懷不上孩子。」

「是，謝謝您的關心。」

高橋父親的這句話讓場面一陣沉默，兩位母親尷尬地對視了一眼後乾笑，誰都心知肚明這次聚餐的主要目的是什麼。

對於高橋家這種傳統家族而言，沒有生育能力的媳婦如同一個沒有作用的擺設。雖然這次聚餐上對方沒有把話說得太絕情，可也足夠讓雨宮結月焦慮了。

用餐結束後，雙方人馬緩緩走出餐廳，趁著高橋樹太郎與父母談話的時候，雨宮結月拉著女兒到一旁悄聲吩咐。

「妳明天早上十點的時候回家一趟，我載妳一起去婦產科醫院。」

「早上十點？那時候我要上班呀，不能改晚上嗎？」

「上班？上班有比這件事還重要嗎？都什麼時候了妳還搞不清楚狀況！當初就叫妳不要工作，好好當全職家庭主婦就好。妳看，就是因為妳都不聽媽媽的話，才把身體搞成這樣。趁這個機會把工作辭掉好了。」

雨宮結月的斥責全都是歪理，但水野洋子也不敢吭聲反抗，只能乖乖地聯繫公司道歉明天要臨時請假。

坐上丈夫的車返程路上，車廂裡只有收音機播放的小提琴聲，高橋樹太郎曾說過開車時不喜歡有人打擾，於是也養成了這種習慣。

水野洋子看著窗外，呼嘯而過的街道、房子、母親與孩子，面容猶如一尊木偶般地沉靜。

「妳也明白我父母的意思吧？」

這是婚後高橋樹太郎第一次在車上向妻子搭話，眼神仍舊緊盯前方紅燈，「明天快去醫院檢查看看。」

近乎命令的口吻讓水野洋子差點就習慣地點頭說好，可是一股莫名的鬱悶搶先撕破她的心扉，她想起自己每日下班後就趕去超市買食材回家做飯，丈夫吃飽便開始收拾碗盤、打掃家裡、洗曬衣物，像個女傭般勞碌還不被認可是個合格的妻子。長期累積下來的委屈讓她感到疲倦，雖然她明白這份委屈不全然來自於丈夫，但她只聽見自己的聲音很輕柔地問道。

「若是我生不出孩子，您要跟我離婚嗎？」

高橋樹太郎可能也沒想過自己的妻子，那個只會說「好」的水野洋子會反問他這種話。男人的眉峰漸漸擰起，他沒回答對方的問題，一語不發地駕車回家。

隔天水野洋子準時回到娘家，她自行掏出鑰匙開門，才在玄關處脫下平底鞋，迎面而來的母親反手就賞了她一巴掌。

「妳說的那是什麼話？」

雨宮結月的口氣就像是一道巨雷劈開空氣，隨之降下冷冽的風雨。摀著臉頰的水野洋子只覺得腦袋嗡嗡作響，全身被冷汗淋得溼透，往後踉蹌了幾步。

「我是這樣教妳的嗎？是嗎？竟敢對高橋先生問那種問題？妳以為當初我花費了多少心思才讓你們結婚的，妳居然主動提要離婚？妳瘋了嗎！現在的婚姻妳有什麼好不滿意的，高橋先生既不會外遇也沒有酗酒家暴，難不成那才是妳要的家庭嗎？那種爛男人才是妳要的嗎？是嗎？」

母親一連串咄咄逼人的喝斥與質問，將水野洋子心中好不容易竄出的鬱悶、焦躁與不滿又押回牢籠。在雨宮結月面前，她永遠就是個懦弱的孩子，提不起勇氣。彷彿跟隨她成長的就只有身形與年紀，心靈則是困在那個只要母親破口大罵，就縮成一團頻頻認錯道歉的孩子。

水野洋子也不敢哭，她知道眼淚只會更刺激母親的情緒。於是忍住哽咽，乖巧地從鞋櫃替母親取出外出鞋。

「走吧，媽，跟醫生預約的時間快到了。」

是啊，這段婚姻她有什麼好不滿的？讓她如此抗拒的到底是什麼，連她都說不明白。只是模模糊糊間，感覺到若是放任這段關係繼續走下去，就會發生無可挽回的事。

或是說她的人生。

有什麼即將徹底毀滅她人生的事要發生了。

明亮的白熾光灑在光滑白磚地面，粉刷白亮的牆。醫院裡所有的陳設都是如此刺眼，讓剛照完超音波起身的水野洋子霎時眼冒金星。她手扶床沿坐了一會兒，下一秒綠色床簾卻被毫無預兆地拉開。

雨宮結月見女兒露在外的肚皮上還沾附一層黏滑的耦合劑，皺眉抽來幾張衛生紙塞到她手裡道，「還不快收拾，不要以為會來婦產科醫院的只有女人。若是被她們的丈夫或是男醫生看到成何體統。」

在水野洋子整理自己的儀容時，她又催促，「快點，醫生說抽血報告出來了，可以去看診了。」

水野洋子跟在母親的身後進入診療室，雖然坐在問診椅上的人是她，說話的卻從不是她。無論是職業、工作壓力、家庭關係、飲食習慣、生活作息等，都是雨宮結月替她回答，彷彿她的人生從來就在對方的掌控之下。

醫生邊看數據邊解讀道，「目前看超音波照片，生育器官都沒有什麼大問題。不過抽血報告中有些激素的數值異常，之前有在吃避孕藥的習慣嗎？」

「怎麼可能！」

雨宮結月激動的反應讓原本靜默的女兒身軀抖了一下，她看著母親瞪大眼直指醫生罵道，「我女兒可不是那種隨隨便便的女人，哪需要吃那種東西！」

「您誤會了，有些女性若是要調整經期也會……」

「就說沒有了！我女兒的身體一直都很健康，連止痛藥都很少在吃。會不會是你們的儀器有問題？居然會出這種荒謬的錯誤。」

在外人面前向來秉持住笑容與優雅的雨宮結月難得將本性外露，畢竟在她眼裡，這種話就像是詆毀了她一直以來精心呵護的聖潔之物。況且若是真如醫生所說，那不就代表女兒背叛了她嗎？那是不可能的事，她想也不願想的事。

最後她氣沖沖地拉著水野洋子離去，說著要再去其他間醫院治療。

05【行李箱】

第三天早晨，餐桌上一如既往地擺滿豐盛的早餐，煎到香酥的鮭魚、高湯玉子燒、蜜漬黑豆、黏糊的納豆、熱騰騰的味噌湯與白飯，畢竟在雨宮結月眼裡早餐是很重要的一餐。

平時洋子家也很講究餐桌禮儀，像是吃飯的時候不能講話、使用手機等，可自從昨天知道陽見過水野洋子後，雨宮結月便纏著對方詢問細項，甚至拿出手機點開她與女兒的合照，再三向陽確認他遇見的真的是洋子嗎？

而問題說來說去終究是那幾句，「她在哪？」、「過得如何？」、「有什麼話要對我說的嗎？」

「姊姊跟我一樣都成為死神了，平時忙著工作，至於有什麼話嗎……」

說到這，陽又塞了一顆黑豆進嘴裡。要是平常的話，雨宮結月肯定會斥責他別吃太多甜食，但此刻她僅是滿心期待地看著陽，雙手迫切地交握。

思索片刻後，陽一樣面無表情地歪了歪腦袋。

「沒聽說過。」

雨宮結月臉上一陣青一陣白，莫名有種被羞辱的感覺，她激昂地起身道。

「怎麼可能！我女兒洋子她，可是跟我很要好的，每天不管發生多小的事都會跟我說，她從小就這樣了，就算結了婚也是。」

「是姊姊自己想這樣做，還是妳要她這樣做的？」

「什……」

面對如此犀利的提問，雨宮結月一時語塞。她從來沒思考過這些習慣，是女兒自己養成的還是由她刻意塑造的。穿衣風格、飲食偏好、生活習性，真的都是由水野洋子的個人意識選擇出來的嗎？

她真的喜歡穿針織毛衣？真的喜歡吃白飯配納豆？真的喜歡聽交響樂嗎？

雨宮結月突然發現這些都是她自己的習性，而女兒好像成為了她的複製人，她竟還為此自豪，向親朋好友們誇耀自己跟女兒有多麼的契合。

不過……孩子不就是這樣嗎？長時間相處在一起，人們會變得越來越相近不是理所當然的嗎？

況且就算真的像她，那又有什麼不好的？

亂雜的思緒如同五顏六色的光纖在腦中飛速閃現，在教養小孩上，雨宮結月也不總是這麼的篤定，也時刻深怕犯錯。什麼時機給糖、什麼時候得祭出鞭子，育兒書上講得不夠清楚。

偏偏社會逼迫母親共同承擔起孩子人生的所有肇責。

這樣的前提下，孩子的人生還能完全算是他自己的嗎？

在職場上因為害怕出錯所以得時刻警惕，那麼為了防止孩子犯錯所以將對方拴在身旁，又有什麼不對的？

最後，雨宮結月冒出一個連她自己都感到毛骨悚然的念頭，她竟然慶幸女兒是像今天這樣安靜無聲地自殺，而不是成為殺人犯。

正當她還震驚於這種恐怖的臆想中，吃飽後便溜到客廳坐在沙發上看卡通的陽忽地轉頭。

「啊……姊姊好像說有留下遺書，妳有聽說過嗎？」

「遺書？」

雨宮結月眨了眨眼，隨後她衝上樓進到水野洋子的房間，把角落裡那只水藍色行李箱放倒、打開。這是女兒自殺後，有天高橋樹太郎載過來說是洋子留在他家的遺物，還得很俐落，兩不相欠似的。

因為前陣子忙於辦理後事一直沒時間整理，如今在陽的提醒下雨宮結月才想起它的存在。

行李的其中一邊裝滿衣服，大多是連身裙、長褲以及素面上衣，當中夾雜幾件短褲讓雨宮結月略為詫異，畢竟她從以前就覺得短褲這種東西不入流，禁止女兒穿。

另一邊則是雜物，最多的是書籍，烹飪的、兩性婚姻的、以及推理小說，她從不知道女兒喜歡看這種類型的小說。還有一些她認為浪費錢，總是禁止洋子買的小擺飾品。

明明是女兒的行李箱，雨宮結月卻有種翻閱陌生人物品的錯覺。

她突然想不起女兒的模樣，忘記她的聲音、笑容。也是到了這種時刻，她才意識到水野洋子是個活生生的人，一個獨立個體。

擺在眼前的行李箱此刻竟如同一顆炸彈般讓雨宮結月畏懼去拆解，好像再繼續深入下去，就會發現自己跟水野洋子其實是活在兩條不相干的平行直線上，會真的成為陌生人。

她沒有勇氣去接納這個事實。

但一想到遺書，想到女兒不明不白的就這麼走了，連理由都不留給她。雨宮結月忍下抗拒，伸手在成堆的文件中翻找。

資料本裡裝的大多是水野洋子在金融公司工作的文件，每一份文件都被井然有序的整理與歸類，能看出對方的細心與出色的工作能力。她記得女兒曾經說過公司打算替她升職加薪，但雨宮結月擔心工作量增加會影響家庭關係，逼著她拒絕。

「要以家庭為重。」

她時常這樣告誡女兒，家才是唯一懂妳的避風港。

如今水野洋子卻在家中上吊自盡，格外諷刺。

雨宮結月甩了甩頭，試圖讓自己專心不要再多想其他。行李箱原有的三大本資料都已經被她翻完，只剩一些零散的A4透明資料夾，讓她心灰意冷。

就在她不抱期待地拿起最後一份文件時，卻被紙上斗大的標題震懾。

離婚協議書

更讓她難以置信的是上頭已經簽好高橋樹太郎與水野洋子的名字。

「有找到嗎？」

陽正巧出現在房間門口，他看著背對著他癱坐在地的雨宮結月，疑惑地歪了歪腦袋，接著走上前閱覽對方手裡的文書。

「雖然……我隱約就猜到了……」雨宮結月喃喃自語，「洋子這孩子從一開始就不想結婚，一直想方設法地說服我，從沒看過她如此抗拒一件事。」

她轉過身看著身後的陽，彷彿想證明什麼地拍著自己的胸脯，越說越激動、嗓音哽咽，「但是……我怎麼可能因為她胡亂幾句就斷送她的幸福！洋子她還年輕，很多事沒經歷過所以不懂，我一個人拉拔她長大的有多辛苦我知道。難道小孩子撒嬌說的話就要照單全收嗎？」

此刻的雨宮結月就像是在法官面前極力為自己辯護的罪人，她沒有罪、她沒有錯，她都是為了孩子好才會這樣的。

最後她更是偏激地喊，「難不成孩子要你殺了他，你就要殺嗎？」

始終沉默的陽歪了歪腦袋，他緩緩走到行李箱旁，彎腰撈起一隻小熊娃娃，接著一屁股蹦到床上把玩。他珍惜地摸著小熊柔軟的毛髮，抓著它的雙臂擺動，朝雨宮結月俏皮地揮了揮手，像是在道別。

「從將孩子生出來的那一刻起，不就已經失去他了嗎？」

06【成為一個母親】

水野洋子自殺前一個禮拜。

那天醫院檢查的成果讓雨宮結月非常不滿，晚上便帶著女兒立刻去一間朋友推薦的生殖醫學中心，決定進行試管嬰兒。高橋樹太郎對此決定沒有多作表態，只確認好自己該去生殖醫學中心的時間，其他的隨母女倆安排。

於是施打排卵針以及最後的取卵手術、胚胎移植，都是雨宮結月陪著女兒進行。

但在今天，終於能進行驗孕檢測的今天，水野洋子出門前卻接到母親的電話，表示因為開車的路上與其他車輛發生碰撞，正在等警察到場調解，所以要她自己搭計程車去醫院。

「車禍！很嚴重嗎？我先過去看看好了，過幾天再去醫院也可……」

「不行！妳若真的擔心妳媽的話就馬上給我去醫院！」

熟悉的指令聲下達，水野洋子幾乎是沒有任何猶疑，立刻就打電話叫計程車前往醫院，彷彿是母親操兵多年的軍人。

撇開其他的不說，其實水野洋子是挺喜歡這間生殖醫學中心的環境，它不像其他醫院一片死白，牆壁是以青草綠粉刷，各個角落也擺放了盎然的景觀植物，給人一種新生的暖意。還有一區是專門放置嬰兒鞋、奶瓶、尿布等嬰兒用品，讓新手父母多一分期待。

捏著手中寫著32的號碼牌，現在診療間的跑馬燈才剛閃出二十號，水野洋子預估還要等上一個小時，決定先去一趟洗手間。

正當她上完廁所準備洗手時，見到一個大約五、六歲的小女孩在洗手台前拚命踮起腳尖，可短小的手臂怎麼伸長都勾不到水龍頭。那笨拙的模樣不禁讓水野洋子會心一笑，親切地走上前問道。

「妹妹，需要幫忙嗎？」

小女孩轉頭看著一頭烏黑長髮披肩、身穿水藍色連身裙的水野洋子，彷彿是見到仙女般地睜大眼，接著怯怯地點了點頭。

水野洋子一把抱起女孩讓她順利洗完手，將她放回地面時又從包裡掏出手帕，蹲下身細心地替她將手擦乾。

「謝謝姊姊。」

原本有些害羞的小女孩見對方如此親切，稍微活潑了起來，她的視線跟著水野洋子起身後隨之蕩漾的髮絲，驀然伸手抓住對方的髮尾搓揉。

「妳！」

「姊姊的頭髮好漂亮喔！」

小女孩眨著驚奇的大眼，接著抬頭望向不知道為何比她還面露驚愕摀著嘴的水野洋子。

心臟跳得飛快，那一瞬間水野洋子也不清楚自己怎麼了，彷彿有什麼東西要奔騰而出，幸虧她眼明手快地摀住嘴阻止，即便如此還是心有餘悸地冒出冷汗。

「姊姊？妳不舒服嗎？」見水野洋子摀著嘴，小女孩錯以為對方反胃，搖了搖她的手臂關切。

冷靜下來後，水野洋子露出一抹略為困窘的笑容道，「姊姊沒事的，走吧，我帶妳去找媽媽，手要牽好喔。」

小女孩聽話地牽緊水野洋子的手，一路上蹦蹦跳跳地跟對方分享自己即將有一個弟弟，父母們是如何期待以及裝潢嬰兒房等。

「而且我決定要把我最喜歡的托比送給他喔！媽媽還很開心的說我以後一定是好姊姊。」

瞧孩子純真的模樣，水野洋子情不自禁地笑道，「哇——妳真棒，不過誰是托比呀？」

小女孩鬆開水野洋子的手，浮誇地比劃道，「托比就是我去年生日收到的這麼大——的一隻熊熊……」

「哐啷！」

就在那一刻，原本坐在等候區的民眾們如同禿鷹般轉頭望向騷動來源，但他們的視線卻不是落在被撞翻手中鐵托盤、針劑散了一地的護理師，而是緊盯一個女人拽過一名小女孩的手破口大罵。

「我不是要妳牽好手了嘛！怎麼這麼不聽話啊！妳看！就因為妳的關係撞到別人了，這樣有多危險妳知道嗎？要是這些針刺到眼睛怎麼辦？走路都不看路！」

「嗚……」

小女孩看著眼前勃然變色的水野洋子，原本和藹的顏面倏地轉為猙獰的凶惡模樣讓她嚇傻了。眼淚在眼眶裡醞釀，腳步不自覺地退了幾吋，沒想到對方卻一個箭步逼上來。

「做錯事了還哭什麼！躲什麼！」

「嗚哇——媽媽——」

最終小女孩忍不住恐懼，放聲大哭了起來，也是直到聽見小女孩的哭聲，水野洋子這才清醒過來。她錯愕地看著女孩的父母剛從診間出來，匆忙地趕過來抱起女兒安撫，她不可置信地摀著嘴，一股罪惡感讓她反胃。

「對、對不起……我……」

水野洋子走向前試圖辯解什麼，可她從那對父母的眼神裡讀出鄙視，霎時瑟縮起肩膀不敢靠近。就是那一個眼神，澈底讓她的人生崩坍，讓她一直以來的恐懼破繭而出。

這就是她每晚的惡夢——成為一個母親。

即便羞恥讓她想立刻離開醫院，但雨宮結月早已傳了訊息來，叮囑她晚上回家吃飯順便告知她檢測結果。

她無路可逃。

「怎麼樣？醫生今天怎麼說啊？」

看著眼前臉上貼著人工皮、手臂上也裹著紗布的母親，水野洋子沒來由地感到一陣無助的怒氣。她的母親眼裡只關心這種事，有沒有當好一個女兒、能不能成為一個母親。

她喘了幾口氣還是無法讓心情平復下來，眼淚奪眶而出，「沒有！我失敗了！我做不到！」

「妳怎麼突然……」

雨宮結月被女兒反常的反應嚇到，但隨即誤以為對方是因為沒懷上孩子而情緒激動。她沉下臉，靜靜地用餐，聽著水野洋子哽咽。

直到吃飽飯，冷靜下來的水野洋子才抽著鼻子端起碗開始進食。雨宮結月在離開餐桌前，拍了拍女兒的肩膀道。

「哭完了就快振作起來，再約別家醫院吧。」

這天因為母親剛出車禍，水野洋子不放心決定留宿一晚照顧。雨宮結月的臥房是傳統式榻榻米，水野洋子洗完澡後便前來幫忙鋪被褥。

燈熄了，兩人守著各自的被子背對背，沒人出聲也沒人睡著。只有兩道相近的平穩吐息，最後其中一道才漸漸轉為呼聲。

在聽見母親睡著後，水野洋子這才轉身面向對方，她看著翻過身面向自己的雨宮結月。昏暗之中沒辦法將五官看得清晰，但那張鵝蛋臉輪廓以及烏黑秀髮簡直跟自己如出一轍。

她看著這樣的母親不禁想，這就是她未來的模樣、她恐懼的模樣、她無法掙脫的模樣。

她的母親現在已經六十多歲了，但若以活到一百歲來計算的話，水野洋子還有將近四十年的刑期，等她服完刑，也已經是七十幾歲的老太婆了。

她的人生，註定困於此處。

思及此，她顫巍巍地伸出手探向母親發出鼾聲的高挺鼻梁，輕輕一捏，呼吸戛然而止。連她都不自覺地屏息，看著安靜無聲的雨宮結月。

夜裡只存時鐘滴答，水野洋子也不知道過去多久時間了，當她開始喘著氣呼吸時猛地鬆手飛奔進廁所。

她坐在馬桶上伏於自己的膝上痛哭，又驟然彈起身瘋狂捶著自己的肚子，反覆了一整晚。

07【商品】

原本昨天雨宮結月就打算去找高橋樹太郎了，但礙於對方開刀行程滿檔，直到今天下午才總算見到人。

剛結束完手術從開刀房走出來的高橋樹太郎，見到前岳母乍然從家屬等候區的椅子站起。他先是瞪大眼看著對方以及身邊的一位男童，隨即擰起眉頭將人請去辦公室。

長形辦公室面對面擺放十來張辦公桌，延展成一條直線。這間辦公室是與其他科別醫生共用的，不過幸虧現在這個時間點沒人在裡面。高橋樹太郎拉來兩張同事的旋轉椅請兩人就坐，自己則是坐上屬於他的辦公椅上盯著螢幕繼續處理工作。

「今天來有什麼事嗎？」男人平淡地問道。

雖說雨宮結月多少知道高橋樹太郎的為人，興許是因之前身為他的岳母才對她客氣，如今水野洋子去世後，態度瞬間冷漠下來。

「我今天來是想問一件事，還有這個。」雨宮結月邊說邊拿出一張紙。

高橋樹太郎過了片刻才將眼睛從螢幕移開，挪到雨宮結月手中的離婚協議書上，接著又冷冷地移回視線繼續盯著螢幕。

「我以為洋子有跟您說了，這是在她死前簽下的，所以法律上有成立。」

雨宮結月忍著顫抖的嗓子問道，「為什麼高橋先生要跟我女兒離婚？我們洋子她有哪邊不好的嗎？」

「沒有不好，只是不符合我們家族期許，洋子自己也知道，當初看到這張離婚協議書立刻就簽名了。」

「不是！你們怎麼都沒經過我同意就……」

「為什麼要經過妳的同意？」

這時高橋樹太郎才正視向他的前岳母，一雙銳利的眼刺穿雨宮結月，讓她心臟猛地一縮，頓時啞口無聲。

高橋樹太郎於是乘勝追擊道，「我和洋子都是成年人了，況且這是我們的婚姻，當然由我們做主。我也跟洋子談好贍養費的問題了，到時候會匯給您。」

說完高橋樹太郎起身去拿列印的資料，轉身就要離開辦公室結束話題。雨宮結月猛地追上前，抓住對方的袖襬，整張臉脹紅。

「你說這是什麼話！你以為我今天是為了跟你要錢來的嗎？」

停下腳步的高橋樹太郎反問，「除此之外還能有別的原因嗎？」

「妳女兒對妳而言不就是一件商品嗎？」

「什、什麼？」

雨宮結月愣愣地鬆手，而高橋樹太郎接續道，「從小精心栽培讓她成為一個懂事聽話的洋娃娃，也確實是我們這種家族需要的女人，只可惜您沒留意到這件商品有瑕疵，最後被退貨淪為一名失敗的商人。」

高橋樹太郎的比喻令人作嘔，但雨宮結月發現自己竟沒有可以反駁的地方，她全身發著抖激動地辯解。

「才不是！我才沒有將洋子當作商品！我只是希望她能幸福！我做的這一切都是為了她好！」

幸福兩個字聽在高橋樹太郎耳裡只覺得刺耳，他至少還有這點良知、這點自知之明，自己從沒帶給水野洋子幸福過，他們的婚姻從一開始就是很簡單的利益交換關係。而幸福太貴重，他給不起。

他哼笑了聲，「那看來您是成為一位失敗的母親了。」

曾經的女婿說出口的話，猶如五雷轟頂打在雨宮結月的腦門上。

失敗的母親？難道一直以來她為女兒的安排都是錯的嗎？是她害死她的嗎？

原來這就是旁人眼裡所看到的真相，而只有她還遲遲不肯醒悟、不願相信，還試圖去尋找女兒自殺的原因。現在想來真是愚蠢，她竟然會無條件地信任一個孩子的童言童語，興許她不過是將那句話當作唯一能攀附的最後一塊浮木。

但即便如此也掩蓋不了事實，水野洋子是由她的母親雨宮結月親手謀殺的。

「沒事的話就失陪了，我等一下還有刀要開。」

高橋樹太郎看了一眼手表就要離去，可沒想到一雙小手拉住他，男人皺眉看向腳邊安靜無聲的小男孩。這時辦公室的門被推開，陸陸續續有幾位醫師回來，他們看著眼前的陌生人，露出進退兩難的神色。

陽仰頭攤出小小的手掌討問，「遺書呢？」

「你又是誰？到底在說什麼？洋子的遺物我不是早就還給你們了嗎？」高橋樹太郎逐漸失去耐心，最後忍不住罵道，「原本是看在曾經是親家才對你們客氣的，別太得寸進尺了！那女人在我家自殺已經給我造成多大的困擾了你們知道嗎？整間醫院都在傳是不是我外遇或是家暴，分明是你們自己沒有把女兒教好！」

高橋樹太郎說的話再次戳到雨宮結月的痛處，她全身一震，茫然地看向一臉絕情的高橋樹太郎吐出最後一句話。

「根本就沒有遺書。」

初春應當是漸漸暖和的季節，可剛走出醫院外，雨宮結月就被迎面而來的冷風吹得直打顫，包含灌入寒流的空蕩內心。她的腦中仍舊反覆思考著自己是否成為了殺害女兒的兇手，雙腳就像被打上石膏般沉重，蹣跚地走下階梯，好幾次差點重心不穩跌到。

醫院外隔了兩條街便是住宅區，許多醫生為求方便會直接在附近買房，高橋樹太郎的住所也是其中之一。

此刻雨宮結月的手裡握著前女婿家的鑰匙，只因為最後對方氣不過，甚至執意將備用鑰匙塞入她手中，讓她不信的話就自己去找看看。雨宮結月沒有過馬路，而是緩慢地走向計程車招呼站牌前。

「不去找看看嗎？」跟在一旁的陽疑惑地歪了歪腦袋。

「有什麼用……」垂著頭的雨宮結月喃喃自語。

陽因為沒聽清楚，發出疑惑聲拉了拉對方的袖口，雨宮結月憤然甩開、提高音量。

「人都已經死了知道那些做什麼！找到的話洋子就會活過來嗎？會嗎？」

咆哮完後雨宮結月自己跺了幾步腳，她揉著太陽穴深呼吸幾口氣，試圖冷靜下來。但各種情緒還是找上她，包含那種被女兒莫名拋下，被迫承擔起失敗的母親這項名號的憤怒。

她發現自己其實是害怕找到遺書的，她怕遺書內容真如大家所說。而由女兒親手指控的話就會成為一件事實。

陽平淡地看著焦躁不安的雨宮結月，輕聲道，「但是……妳愛她吧？」

男孩平穩的聲音讓雨宮結月一頓，繼續聽他說下去。

「愛一個人，不就會想了解她嗎？真正的她。即便可能跟自己想的不一樣。」

陽的話讓雨宮結月想到家裡那猶如陌生人的行李箱，當初第一眼看到時覺得抗拒，但確實到了最後，她竟湧出一種渴望。渴望了解這個人，她的女兒。

唯獨這個人啊，不想被她排拒在外，畢竟是從她身上剝離下來的骨肉。

在那之後雨宮結月曾問過自己，如果洋子還在世的話，要是她穿著短褲拿著小說過來跟她分享內容，她會接受嗎？她會去聽嗎？就像洋子小時候放學回家迫不及待跟她分享上學的故事一樣。

那些樣貌都是她的女兒啊！

臉頰流過一道濕潤的痕跡，雨宮結月振作起來，她挺起胸，彷彿是要上戰場般一步一步地走向馬路。

不管遺書的內容是什麼、不管在那頭等著她的是什麼樣的真相。

她都會全數接納。

水野洋子自殺前一天。

冬季褪去後，陽光一天比一天早穿透窗戶灑上餐桌。桌上一如既往地擺滿豐盛的早餐，煎到香酥的鮭魚、高湯玉子燒、蜜漬黑豆、黏糊的納豆、熱騰騰的味噌湯與白飯，水野洋子從母親那繼承了一手好廚藝。

她反手解開圍裙綁帶，對著鏡子整理一下儀容便出門去附近的超商買報紙，吃早餐時看報紙是高橋樹太郎的習慣。當水野洋子回到家中時，丈夫正好坐上餐桌，她將報紙放在他手邊說了一聲早，便又去樓上忙其他家務。

直到傳來大門開啟與闔上的聲響，對方出門上班後她才呼出一口氣。

就算結婚將近一年了，她還是不習慣與高橋樹太郎在同個空間生活。而為了備孕，母親早已替她跟公司提離職，雖說她也是事後才知道這件事。於是現在待業在家的她不得不經常與丈夫碰面，除非是高橋樹太郎必須留守醫院值夜班的日子。

比方說今天。

此刻只剩她在家，沒有丈夫、沒有母親在旁，水野洋子這才覺得自己可以卸下盔甲，做回最真實的自己。

她穿著短褲，手裡拿著看到一半的推理小說，心血來潮地想曬曬太陽，於是走到鋪著木質地板的陽台，就地盤腿而坐。身旁是轟隆作響，裡頭滾動著被單的烘衣機，這規律的噪音卻讓她的心沉澱下來，陶醉於自己與書中的世界。陽光的曝曬讓讀字略為吃力，她索性擱下書，雙眼渙散地看著被單在烘衣機中任人宰割的無力模樣。

她突然想到同事聽到她要離職時震驚的表情，以及紛紛詢問她，為什麼不反抗？

當下她僅是淺笑地致謝大家一直以來的照顧，腦中卻沒多想過這問題。

倒不是說從沒想過，在水野洋子國高中經歷叛逆期時，也確實反抗過，可下場是什麼？一敗塗地的成績、以及對於未來未知的徬徨。

母親長年的箝制確實讓她窒息，可她更怕離開了母親，自己便成為一事無成的雛鳥。那種旁人無從理解的矛盾時時刻刻迫著她抉擇。

真的要奪回自己的人生嗎？自己掌控的人生真的會過得比母親策劃的好嗎？

她要反抗的到底是什麼？

她已經找不到正確的道路了，好像哪一條都是錯的。

活在母親的掌控之下或是自己走出一條路，她都承受不住了，更遑論要她背負起另一條生命的人生。

結束烘衣的逼聲響起，水野洋子緩慢地起身，將暖烘烘的被單拽出鐵筒，打算攤平冷卻後再收納。可那溫暖的觸感卻令她不捨，用盡全身力氣地緊緊抱住，將臉埋在其中，眼淚開始不受控制地流下。

明明是這麼溫暖的世界，她卻再也走不下去了。通往死亡的路比走往幸福的路近太多、容易太多。她甚至不知道這個念頭是何時生成的，是哪件事成為所謂壓垮駱駝的最後一根稻草。興許很多人會問為什麼是現在？為什麼是今天？但那從來就不是時間的問題。

就在平凡無奇的一天，她決意要自殺了。

當這個念頭確立時，水野洋子腦中冒出的第一個畫面竟是母親憤怒的模樣。她想起小學有一回在學校被同學推擠撞到鐵條，鋒利的鐵器在她手臂上留下長長一道血痕，當下老師想要通知母親來學校，她卻極力阻止，回到家中更是遮遮掩掩著傷口深怕被發現。

果不其然，當雨宮結月發現女兒身上的傷時，立刻大發雷霆，責怪她的不小心。好幾次水野洋子試圖解釋，卻被認作毫無意義的辯解，只能沉默地承接下母親的錯怪。

是啊，解釋。天底下有幾個父母會靜下來聽孩子解釋身上的傷、心裡的痛？

在他們眼中那都是不應該存在的，好像孩子們身上任何一點傷疤都在暗示自己的養育失職，於是眼不見為淨或是降罪於人。

「這又沒什麼大不了的」、「都是你不聽我的話」、「都是你的錯」。

水野洋子拉起被單的兩角，緊壓在耳朵上，竭力想從源源不絕的咆哮聲之中逃離。她從出生以來的每一天都在對抗這樣的怒吼，即便沒有跟母親住在一起了，但只要出一點錯，腦中便會自動設想母親會怎麼責備她。

果然只有死亡是唯一的道路了，不管是對她還是對誰都好。

冷卻的被子抵上腹部，水野洋子的手隔著被單撫摸自己的肚皮，好像裡頭有一條生命、一道心跳聲。

那是不應該存在的。

她當不了一個好女兒，更做不好一個母親。

其實她也曾臆想過在人間的最後一天該是什麼模樣，她應該把時間都花在自己喜歡的事物上，不去管其他人。於是水野洋子扔下剩餘的家務，化上精緻的妝容，去咖啡廳享用她最喜歡的草莓蛋糕與濃縮咖啡，那些她的母親從前不准她碰的垃圾食物。

和緩的水晶音樂漫遊在閒適的空間，手上的書翻過一頁又一頁，直到最後一行字她才抬起頭來，好慶幸能在最後一刻將它讀完，找出犯人。水野洋子多希望自己生命中的每道難題也都能有迎來水落石出的一天，可偏偏那是一道抓不出壞人的謎團。

手指圈住杯子握把、湊近嘴邊，香濃苦澀的咖啡也逐漸到了盡頭。

正當水野洋子起身準備離去，卻撞倒一位迎面而來的小男孩。霎時間她覺得自己又要化身成一頭陌生的野獸，就跟那天在醫院一樣，趕忙搶先摀住嘴。

等到遏止住內心翻湧而上的衝動後才關切道，「小朋友，你沒事吧？」

「我沒事喔。」小男孩雙腳蹦了下地面起身，見到對方是誰後眼睛發亮地指著對方道，「原來洋子姊姊妳在這啊！」

說出這句話的小男孩有著一雙靈活大眼，額上短短的自然瀏海讓整張臉更顯稚嫩，看上去約莫八歲左右。

水野洋子認真細想了一遍，卻對這男孩完全沒印象，「對不起，請問你是……？」

「姊姊不認識我很正常的，我們今天是第一次見面，我叫冬。」冬邊說邊掏出一張紙繼續道，「雖然第一次見面就這麼說很唐突，但能請姊姊跟我簽下這個契約嗎？」

「契約？」

水野洋子困惑地接過牛皮紙，眼睛隨著視線往底下的文字移動越瞪越大，看完後她先是左右張望咖啡廳裡來去的人們，接著湊向冬壓低聲音。

「這個契約書上的內容都是……真的嗎？」

「是的喔。」冬比了比自己，「妳看，就算死了還是有機會可以回來陽世。對於自殺感到很徬徨對吧？不知道會不會成功？不知道死後會去哪？還有沒有機會跟最愛的家人朋友見面。只要簽下契約，就有這些保證，不用再擔心了。」

冬的話像是一顆子彈，直搗水野洋子最深處的困惑與渴望。她也覺得自己很可笑，既然都想死了，又為何會有想回來看看的念頭？她又有什麼臉再回來見母親？

即便如此，水野洋子還是顫抖地簽下名字，將契約書交還給對方時問道，「不過一定要等七天後嗎？」

說完她艱澀地垂下頭，「我現在……多待一天都受不了。」

冬眨了眨眼，隨即露出諒解的眼神微微一笑，「姊姊想要什麼時候都可以，要今晚就執行也沒問題喔。」

水野洋子看著眼前行為舉止超齡的男孩，不禁問道，「像你這麼小的孩子怎麼會自殺呢？」

「耶？我可不是小孩子喔，那只是外表而已，死神是可以……啊解釋起來有點複雜，反正姊姊很快就能親自經歷了。走吧，我們先回去吧。」

在冬的催促下，兩人走向咖啡廳玻璃門，推開時門上鈴鐺發出清脆聲響，伴隨小男孩自言自語的呢喃。

「那時候就只是想……如果出生時是男孩子的話就好了。」

最後水野洋子還是將剩下的衣服摺好，居家打理乾淨，也因此翻出一條長白布，正適合送她最後一程。地點就選在廚房，考量到那是高橋樹太郎最少會去的地方，應該不會添太多的麻煩。

而冬聽到對方一切安排妥當後，反而不知道該協助什麼，尷尬地笑稱，「我從沒遇到這麼輕鬆的工作呢。」

水野洋子朝他禮貌地笑了笑道，「能簽下契約對我來說已經幫助很大了，要是冬覺得不自在的話可以先去外頭晃晃，午夜過後再回來確認就好了。」

聽到大門傳來闔上的聲響後，水野洋子從餐桌搬來一張椅子，將白布綑綁於上方櫃子的鐵桿上，最後將頭穿過打好的圓圈。就在她以為可以義無反顧地踢開腳下的椅子時，雙手卻又顫抖地緊緊抓住套環。

她看向牆上的時鐘，晚上八點，是她跟母親約定要打電話的時間。

水野洋子對自己的行為感到無法理解，她看著撥通的電話，正想掛斷便聽見另一頭傳來熟悉的聲音。她們簡單問候彼此後，母親提醒她明天早上記得要一起去醫院。

最後雨宮結月輕聲道，「就算要春天了厚棉被也別急著收起來，夜裡還是容易著涼。」

「嗯，我知道，謝謝媽。」

「那就先這樣，明天見。」

通常都是由雨宮結月掛掉電話的，這回卻是水野洋子早先一步，搶在眼淚掉落之前。她伏在桌上痛哭，她當然曉得母親是愛她的，可正是這種愛令她難以招架。

等到心情平復下來，她才想到應該留個遺書跟母親好好道別，便拿出紙筆，過程中她寫了好幾封也撕碎了好幾封，從小就讀資優班長大的她，此刻卻覺得任何文字都難以闡述。

直到凌晨深夜，她才將最後一封信完成，並將它藏在某個角落。

爾後淒涼的背影逐漸往廚房深處暗去。

09【遺書】

在水野洋子生前，雨宮結月便頻繁地去她與丈夫的家作客，此刻她熟門熟路地打開大門鎖頭，在玄關處脫下高跟鞋後，帶著陽一同踏上木質地板。

屋子裡的所有陳設都跟她記憶裡的一樣，只是都覆蓋上一層薄薄的灰塵，讓走過的路留下淺淺的腳印，那樣的孤寂，彷彿在悼念不再歸來的女主人。

他們先是翻找客廳裡的電視櫃與書櫃，裡頭只放滿小提琴唱片以及醫學用書，看起來都是高橋樹太郎的東西。

餐桌與廚房是連接在一起的，雨宮結月剛走入飯廳，隔著餐桌望向廚房深處便一陣腿軟，她抓緊椅背奮力維持好平衡才沒跌倒。

雨宮結月還記得那天早上九點多的時候，她一直打女兒的手機卻無人接聽，明明昨晚特別囑咐過了居然還睡過頭。當時她有的只是惱怒，差點錯過手機來電，等她發現來電者是女婿時除了詫異，更多的是一種不祥預感。

一接獲噩耗，她立刻趕去對方家中，第一個映入眼簾的便是外頭的警察車以及裡裡外外的警察，她試圖衝破黃色封鎖線卻數次被阻攔，直到高橋樹太郎鐵青著臉從裡頭走出來解釋，警察才肯放行。

雨宮結月從沒見過女兒的臉色如此蒼白，繩子將她纖細的脖子勒得發紫，舌頭毫無教養的外露。警方似乎還在辨別是否有他殺的可能性，直到蒐集好證據與照片才將水野洋子的遺體緩緩抬下。

她踉蹌地走向平躺在地蓋上白布的女兒，耳中隔著厚厚一層膜，聽不見外界聲響，更沒聽見有人慌亂地試圖阻止掀開白布的她。

「給我起來！洋子！」

雨宮結月朝著面色慘白的遺體怒吼，見對方沒動靜更是跪下怒拍著她耳邊的地面，妄想以巨大的震動與噪音吵醒熟睡的人兒。

「高橋洋子！」她連名帶姓喊道，「快起來！不是約好了今天要去醫院嗎？妳昨天不是才跟媽……說好了嗎？嗚……」

話到最後眼淚不受控制地湧出，她怎麼也沒想到這個她精心栽培、溫柔婉約、聽話懂事的女兒竟然成為了一具冰冷的遺體，再也不會回應她任何話語。

憤怒與悲痛讓她想大聲咆哮，可礙於現場還有其他人在，只好收拾起情緒故作鎮定地起身。直到此刻，面對女兒的遺體時，雨宮結月想的竟還是些顧全面子的事。

如今看著空盪幽黑的廚房，過往的回憶襲捲而來，懊悔、羞愧幾乎要將她擊倒在地，她怎麼能做出這麼過分的事？如此無情無義。

這回的淚水裡飽含懺悔，滴答落在餐桌上，她又想起以前只要水野洋子不小心將水灑出來，她便會斥責對方。在女兒過世以後，她才發現自己每次想起女兒，回憶裡總是有著數不清的譴責。

水野洋子總是頂著那張逆來順受的臉，讓她錯以為身為家長的自己一向都是正確的。

為什麼都不反抗？為什麼都不指正她？直到錯誤擴大到現今無可挽回的地步，留下遺憾。接著雨宮結月又為自己的這種想法感到毛骨悚然。

直到此刻，她居然還想把這筆帳賴在女兒身上嗎？

家長到底被自己的孩子包容、縱容到什麼地步了？

「廚房都沒有，要去臥房找看看嗎？」

陽平穩的聲音打斷雨宮結月鑽牛角尖的內疚，她抬起頭看向歪著頭的小男孩，當對方發現她正注視著自己時，那雙渾圓的大眼睛眨了眨。

雨宮結月沉靜下來，手鬆開椅背，「……是嗎？那就去樓上找看看吧。」

二樓總共有三間房間，主臥室、客房以及一間書房，主臥房和書房都是高橋樹太郎在使用的，所以雨宮結月想也不想就往最尾端客房的方向走。

這間客房約莫是五坪大小，一張單人床、床頭櫃、衣櫃以及梳妝台，簡約的陳設。房內的東西都被收得差不多了，沒有留下任何居住的痕跡，就連床單、被套都沒有鋪上。

陽小跑步到梳妝台前，拉開雙邊抽屜，可只有一些保養品的空罐子咕嘟咕嘟地滾出來，沒發現疑似遺書的信件。爾後他又打開衣櫃、掀開床頭櫃，甚至蹦上床墊跳了幾下，還是一無所獲。

「快下來……陽，請你下來，這裡畢竟是別人家。」

雨宮結月下意識地板起嚴肅的口吻，可很快又改口。她看著陽乖巧地回到地面，不禁又感傷起來。

要是當初她也能這樣對洋子好好說話就好了。

想這些如今都於事無補了，現在最重要的還是找到遺書，離開這個觸景傷情的地方。

「真是奇怪……姊姊明明說有啊，怎麼都找不到？」陽露出困惑的表情看向雨宮結月，「會藏在哪呢？」

雨宮結月沒有回應，逕自朝床的方向走去，接著將打平的掌心從床頭沿著床墊與牆壁的間隙摸尋，直到床尾處驀然「啪」的一聲，掉出一封信。

陽撿起地上的信封遞給對方，「真厲害，妳怎麼知道的？」

「洋子她……小時候偷買東西怕被我發現扔掉時都會藏在這。」雨宮結月捏著手中的信，身軀略略顫抖，「因為……那是我女兒啊，哪個父母會不了解自己的孩子？不管是喜歡吃什麼、不喜歡什麼樣的東西，其實我們一直都知道的啊。」

即便知曉孩子們的興趣，卻不見得去接受、去認同，裝聾作啞地將孩子們塑造成自己喜歡的模樣，好像這樣才能將他們綁在身邊，不用擔心孩子們變成一個自己不認識的個體。

雨宮結月逐漸釐清這種病態控制欲的背後，是源自於恐懼。

就算是年輕時曾經在學校被排擠的討厭鬼，還是成年後在工作上被下屬厭惡的上司，或是被社會遺棄的底層人類。只有自己的孩子不會在乎這些，總是用那樣純真的笑臉與溫暖的臂膀，擁抱一個如此殘破不堪的靈魂。

那種，知道這世界上終於有一個人無條件站在自己這一邊的優越感。

他們就只是好怕孩子遠走高飛，好怕失去那種愛。

在認清這種自卑感作祟後，雨宮結月總算有勇氣攤開手裡的那封信。

首先掉出的是一張超音波圖，右上角標示的日期正是洋子獨自去婦產科檢驗的那一日。圖中黑白模糊的紋路間，依稀能辨識出一具幼小的胎體。

原來洋子已懷有身孕！

更令雨宮結月詫異的是一張遺書上，字數寥寥無幾，倒不如說就僅有短短一行，連開頭的稱謂與結尾的署名都省略。

「對不起，沒活成妳期待的模樣。」

結束完今天最後一場刀，高橋樹太郎脫下手套與手術衣後筋疲力竭地走出手術室。他在販賣機前投幣買了一杯咖啡，拉開易開罐的鐵環邊喝邊走回辦公室。肯定是早上前岳母帶著一個莫名的小孩來找他理論，才讓他覺得今天格外勞累。

對於洋子的死去，高橋樹太郎其實不太放心上，畢竟自從知道他恢復單身後，光是醫院裡的護理師們便開始獻殷勤，還有父母那邊也安排了幾場相親。

說到父母，高橋樹太郎才想起明天是節分祭，得回家一趟進行傳統儀式。回到辦公室後他加快收拾東西的速度，匆忙趕回家，可還沒進到家門就因佇立於門口的兩道身影皺起眉頭。

「你們還不死心嗎？」高橋樹太郎不客氣地冷聲質問。

沒想到下一秒，雨宮結月便往他的方向灑來東西，慌亂間高橋樹太郎也不知道是什麼如雨點般打在他身上，只來得及抬起手臂以公事包遮擋。直到瞧見腳邊散落一地的大豆，腦袋才漸漸將事情串聯起來。

「妳這是什麼意思？當我是惡鬼嗎？妳這樣朝人亂扔東西我可以告妳傷害罪知道嘛！」他憤怒地朝對方罵道，「況且把她逼上絕路的惡鬼是妳才對！」

雨宮結月停下往碗裡撈大豆的手，看著面前暴跳如雷準備要打電話報警的男人，冷笑出聲，自己當初怎麼會將寶貝女兒交到這種人手中呢？

爾後雨宮結月做出了連高橋樹太郎都瞠目結舌的舉動，她將手裡的碗往自己頭上倒，一顆顆大豆如瀑布似地傾洩而下，將她整齊的頭髮、體面的服裝全部弄得狼狽不堪。

最後這位身為女兒惡鬼的母親將碗擲在地，揚聲嘶吼。

「你說對了！我是個失敗的母親！因為我沒能帶給我的孩子快樂與幸福。」

10【謝謝】

水野洋子出生的第一天。

為什麼人想不起來第一天出生時的心情？

是快樂的？幸福的？恐懼的？還是厭惡的？

如果能將那天的感覺牢牢記住，那是不是往後面臨所有責難時都能釋懷了？

「洋子姊姊——醒醒啊！」

像是在深海裡投入一顆爆裂彈，聲響霎時間貫穿水野洋子原本失去聽覺的耳膜，她猛地張開眼，第一個反應是想要呼吸，大口大口吸取氧氣，生前最後一刻的窒息感還嵌在喉頭。

她彈起身，雙手下意識地在脖子間來回摸索，見到身旁的冬時，原本想問對方自己是不是已經死了，卻發現竟無法正常發音，只能像是大舌頭似地發出奇怪的語助詞。

「嗚啊！嗯嗯！」

她惶恐地朝冬投去求助的眼神，小男孩拍撫著她安慰道，「沒事的，再等一下就會好了，死後都會維持死前狀態一陣子。姊姊是上吊的，等舌頭縮回去就能說話了。」

水野洋子聽得一愣一愣，想要伸手去摸自己的舌頭確認，卻驚覺手上竟沒有碰到實物的感受。她趕忙低頭望向身下的鐵板，從倒影中見到自己慘白的面容以及長到下巴的舌頭，無疑是吊死鬼的模樣。

「救命啊！救、快救救我！水、水！好……痛苦！」

驀然一道聲響從旁傳來，她轉頭望過去，見到隔著幾排置物櫃的距離，一個全身溼透不斷吐出水的男人與她同樣坐在鐵板上，而在他身邊也有個人在安撫他，水野洋子猜想對方應該是那男人的死神。

爾後她呆望著身邊一望無際的置物櫃，陸陸續續有人在領鑰匙、開門、拉出滑軌鐵板，讓一具具遺體再度重生，不，是永遠的死亡。

「現在可以說話了吧？」

冬指了指水野洋子的下巴時，她又下意識地想要去碰觸，隨後才嘗試開口，「嗨……嗨？」

「那就沒問題了呢，走吧，我帶妳去逛……」

「嗶——！」

倏地一道刺耳的聲音打斷冬的話，水野洋子還來不及反應，周邊的場景全數置換，連男孩的身影也消失。她錯愕地看著同樣白淨的空間，不一樣的是房間的正中央有一顆大約兩台坦克大小的巨型水晶球，而陸陸續續有人走向各處閃著光芒的球體，或是有人從球體中回來。

水野洋子困惑地走向前，緩緩繞著巨球轉了一圈，爾後發現像是一條襪子形狀的地形，那是她再熟悉不過的日本本島，此刻它正散著紅光。

「等一下啊洋子姊姊！」

就在水野洋子的手伸向地圖時，身後傳來冬的聲音叫住她，她轉頭，便見到男孩氣喘吁吁地抱怨，「真是，最近任務怎麼越來越多了啊？連新人都要立刻上職。要先去旁邊的機台領取契約書和本體才可以回人間喔。啊，這裡有本《死神指引書》，妳到時候帶在身上看吧。」

水野洋子接過那本書後跟著冬來到一台螢幕閃著「Mission」字樣的自助式機器前，男孩替她點選了下閃動的文字，一具赤裸的人體隨即出現在螢幕上。

「嘿嘿這部分還蠻有趣的，妳可以把它想成變裝娃娃，想要打扮成什麼模樣都可以，如果想要保持原樣就按這個『Normal』。」

水野洋子看著螢幕上的人體原本披著粉色長髮、下巴留一圈鬍鬚的怪異裝扮，在按下「Normal」鍵後驀然成為一位有著烏黑長髮、細框眼鏡、毛衣長裙的溫婉女性，那正是她原本在人間的模樣。

原來她生前是長這樣啊，水野洋子不禁感嘆，卻同時感到陌生。

她看著螢幕好一會兒，身邊的冬提醒她得在一小時內決定好，否則系統會自動判定死神不願接下任務而取消。

「如果覺得這次太急迫就先放棄也沒關係，反正這個時代想自殺的人很多，任務接也接不完。」小男孩聳了聳肩講出令人毛骨悚然卻無法反駁的話。

水野洋子看向對方，靈光一閃。她點開頭髮的選項，一邊看著冬一邊選出與他相像的一頭短黑髮，接著是一樣平素的和服和木屐。在她按下確認後，一張契約書從下方出口落出，而冬的面前，正站著一位與他維妙維肖的男孩，只不過跟他相比，這位男孩的臉上多了點冷漠。

「哇——這感覺還真神奇，好像多了一個雙胞胎弟弟。」冬似乎沒有對水野洋子的選擇感到反感，反而笑問道，「名字也是要叫『冬』嗎？」

「不。」面無表情的小男孩輕聲說，「我叫『よう』，陽。」

雨宮結月還記得生下水野洋子的那一天。

平成二年的七月十二日，季節是夏季，氣溫炙熱難耐。當時臨界預產期的她依舊去公司上班，接近中午的時候腹部倏地傳來一陣強烈的陣痛，鮮血與羊水浸濕她連身裙裙襬，費盡了十幾個小時後她才將孩子順利產下。

體力耗竭的她幾乎要暈厥過去，硬是以最後的意志力撐著見女兒一面。在醫生確認胎兒的生命跡象後，輕柔地將她的孩子放入她懷中，離心臟最近的胸口上。

雨宮結月還記得那微小的心跳聲，撲通撲通，與她的合而為一。

這是她的孩子，從她身上剝離下來的親生骨肉。

千萬種言語也難以形容那份感動。

她緊緊將孩子抱在懷中，輕聲喊著她早已為她取好的名字。

洋子，水野洋子，她親愛的洋子。

當懷中的小嬰兒對著這陌生的名字露出笑容時，雨宮結月總算辨識出那份感動的全名。

是感激。

感謝她宏亮的哭聲、她健壯的四肢、她完好無缺的五官，感謝女兒的到來。

直到此刻站在女兒的塔位前，雨宮結月才總算尋回那份陌生的感受。

靈園中的八重櫻正盛，層層交疊的花瓣猶如彩球般絢麗，就算有幾片花瓣凋落也不減它的姿色。明媚的陽光照射在鴿灰色的墓碑，讓碑上的苔蘚也不顯得太過陰沉，反倒有種綠意昂然。

可是再怎麼明亮的光線也透不進已經死寂的地方，一位失去孩子的母親內心。

「對不起……洋子……對不起……嗚嗚……都是媽的錯。」

雨宮結月雙膝跪在水野家之墓前，一手握著陽的手、一手撫著身前墓碑聲淚俱下，從前的種種回憶如狂風般，撲天蓋地將她淹沒在懊悔的汪洋之中。

為什麼沒有去理解女兒？為什麼沒有尊重她？

當她總是抱怨「為什麼孩子小時候不管遇到什麼困難都會向母親求助，現在卻不會了？」

那麼她又真的有做到在孩子求助時接住她嗎？

兩顆心在臍帶剪掉的那一瞬間便響著不同跳動的頻率，是她執意要拿鐵鏈將其拴在身邊，再一針一線地縫在一起，難怪彼此都千瘡百孔。

「妳受了這麼多苦，一個人在那邊一定很害怕、很寂寞對吧？」雨宮結月說話的同時逐漸將陽的手掐緊，好像這樣能夠分散傷痛似的。

接著她抬起頭，眼神瘋狂地道，「別擔心，媽這就去陪妳。」

「那是姊姊想要的嗎？」

如最初兩人第一天見面時陽向雨宮結月問的話，「那是姊姊想要的路嗎？」

此刻陽又將問題再次提出，迎向雨宮結月怔愣的雙眸，她母親的雙眼。

「但是那個契約……」

「我知道喔。」陽輕聲打斷雨宮結月的話，「解除契約的方式，很簡單。」只見陽憑空變出一本厚重的《死神指引書》，翻到某頁後指著上頭的內容解釋，「只要死神不存在，契約就會作廢。」

雨宮結月還沒理解對方的話，陽便朝她遞過去一把短柄武士刀，還貼心地替她將刀鞘褪去，陽光照在鋒利的銀面上反射出一道冷冽的光，正好折射在墓碑「水野」的刻字上。

總算意會過來的雨宮結月瞪大眼，結巴地搖頭，「不、不……我怎麼能……」

「沒關係的，死神是沒有痛覺的，而且軀體身亡後只不過是再回到原本的地方，不會真的死掉。」

陽硬是將刀子塞入對方顫抖的手中，兩隻小小的掌心緊緊包覆雨宮結月的手，不讓刀子有掉地的機會。

不斷抗拒的雨宮結月對上那雙不容置疑的率直雙眼，眼淚又控制不住地湧出，「我怎麼可能……做得出這種事？要我殺了自己的孩子這種事，我做不到的啊！洋子，我知道妳很恨我，但拜託妳了，不要……不要逼我做這種事。」

向來面無表情的陽在那瞬間瞳孔睜大，下一秒他就被雨宮結月緊緊擁在懷中，她不斷哭喊著她的名字、向她道歉、求她停手。

「原來媽早就知道了嗎？」陽輕聲問。

在聽到確定的回覆後，雨宮結月將他摟得更緊，「有哪個母親會認不出自己的孩子？」

從第一天找到女兒藏起來的娃娃、不喜歡吃紅蘿蔔、用詞的習慣、走路的方式。她怎麼可能會認不出來？

起初她也以為是自己多慮，思念太深切，才將女兒的影子投射在這個陌生的小男孩身上。可那種感覺很奇妙，即便臍帶剪斷了還是有著什麼東西將她們相連，直覺告訴她，眼前的這個男孩就是女兒的化身，是為了揭穿她惡質的母愛而來。

「我知道……現在的自己沒有臉求妳的原諒，但拜託了，不要讓我做這種事。我們可以好好重新開始呀，去妳現在在的那個什麼死神世界的，這次媽一定會照妳的方式做，好嗎？嗯？」

在陽的印象裡，母親一直是崇高在上的，此刻她卻像個犯人般卑微地下跪抓著他的衣襬苦苦哀求。

那副模樣令他心疼，蹲下身試圖攙扶起對方，可雨宮結月似乎打定了主意要這樣耍賴，沒得到答覆前不肯起身。

要是生前的水野洋子肯定會心軟答應，此刻的陽卻僅是開口將之前說的那句話又重複了遍。

「從孩子出生的那一刻起……」

「……就已經失去她了。」

雨宮結月緩緩地將話接完，直到當下她才明白這句話的涵義。哪怕再鍾愛、哪怕再不捨，橫在她們之間的道路分岔，她跟女兒早在很久以前便走向不同方向了啊。

她的手失去反抗的意志，任由陽包覆著她、牽引著她，將刀鋒一點一滴推進男孩的胸膛、穿入心臟。

最後一刻她卻又像是清醒過來般極力掙扎著想收手，但一抬眼，便見到男孩清澈透亮的眼，以及如釋重負的笑顏。

爾後她聽見曾是她女兒的人開口說。

「雖然活著很辛苦，但謝謝妳曾將我生下來。」

就在死神水野洋子於人間吐出最後一口氣後，在大家都沒有發現的地方，悄悄發生了一件足以改寫往後所有死神命運的變動。

死神世界中大樓裡的那台超高速電梯，面板上向來沉寂的按鍵M，正閃出一道金光。

（End.）

番外篇

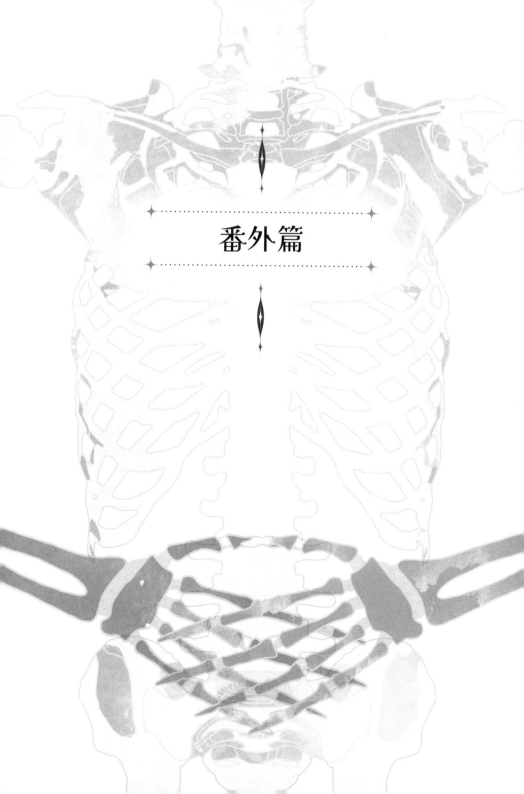

番外 01【午夜夢迴】

伊凡・曼加諾夢見自己手裡持刀。

刀鋒銳利，幾乎能剖開夜色讓月光傾瀉，偏偏房內太過昏暗，連刀柄上的紋路都看不清，只能憑藉指尖的觸覺辨識，是一條蛇。

夢到此處伊凡才確信這是一場夢。

都說死人不做夢，夢的都是生前回憶。

「伊凡？」

無人的夜裡傳來一道溫柔的女性嗓音，很熟悉，但記憶太久遠，無從考證。他試圖辨識那道嗓音裡夾帶什麼情緒，好讓他推斷對方的真身。

焦慮？哀傷？憐憫？還是……不安？

「親愛的，這些錢……是哪來的？」

當這句話響起，彷彿餐桌上的蠟燭被點亮，周圍的一切變得明媚光亮。伊凡看著眼前出現一位面色慘白的女子，髮白如雪、身形消瘦地靜臥在床上。一雙碧青色的眸子像是藍寶石，卻沒有應有的光澤，反倒是透著恐懼看向他。

伊凡總算想起自己在哪，以及眼前這人是誰。

他輕手輕腳地走向床榻，邊走邊將右手裡的刀悄悄收入後腰皮帶上的刀套，將捏在手中染血又破爛的鈔票擱在床頭櫃，接著彎下腰，手掌緩緩撫過女子的髮頂，最後在額上落下一吻。

「親愛的。」他閉上眼呢喃，深吸一口氣，妻子的髮香充斥鼻腔。

下一秒，他的身軀卻被對方推開，女人手抓著他的西裝外套，瞪大眼仰視著他，口吻近乎請求，「伊凡……我要你告訴我，我們是安全的，你是安全的。」

「嘿，我們當然是安全的。」伊凡露出慣有的壞笑，開玩笑地安撫道，「也不想想我是誰？」

女人明顯不領情，緊鎖著眉頭遲遲不鬆開，「家族最近傳說你跟盧切斯家的大兒子走很近，甚至賣了幾把槍給他們。」

「喔是啊——他們還傳說老爹娶了頭母豬進家族了。」伊凡翻了翻白眼，爾後露出故作受傷的眼神看著妻子，「親愛的，妳不會真的相信他們的話吧？妳也知道家族向來都是如此，每天說出來的閒話比吃下肚的垃圾還多。」

「那這些錢……」

搶在對方碰觸之前，男人的手掌先一步壓住那些鈔票。伊凡露出自認最和順的笑容，「哎呀——錢就是錢，能用就好，從哪來的重要嗎？」

就在他的妻子試圖反駁什麼，一道稚嫩的奶音推開房門進來，「爸比——你回來了呀？」

「我的小公主啊——是在等妳的白馬王子回來嗎？」

這小妮子出現的時機恰如其分，伊凡一邊在心裡暗自讚嘆感激，一邊上前將女兒舉高，以鬍渣磨蹭她軟嫩的臉頰，逗得小女孩尖笑著不斷閃躲。最終才將人放回地面，兩人牽著手走到妻子的床邊。

「今天有乖乖聽妳媽的話嗎？」

「有！媽咪要吃藥的時候我還幫她倒水過來喔！」

「這麼棒啊——明天帶妳去買些糖果吧。」

「哇——真的嗎？那我要……」女孩原本興奮的嗓音在看到床上的母親後驀然縮起，她愁眉苦臉地看向伊凡道，「但是醫生說能讓媽咪健康的藥很貴很貴，我們還是不要買糖果好了，把錢存起來幫媽咪買藥，這樣就能一起去公園玩了。」

女孩忍下眼裡的渴望，童言童語說著成熟到讓人心疼的話語。那瞬間作為父親的伊凡只覺得自己一無是處，居然讓年幼的女兒替他操心這些事。

他看向床頭櫃上染血的破舊紙鈔，伸手將其緊握在手中、低頭深思片刻，爾後抬起頭眼神篤定地看向女兒笑道，「擔心這些做什麼？錢再賺就有了嘛——不過是糖果而已能有多貴？走！我現在就帶妳去買！」

伊凡說完又一把抱起女兒，讓小女孩樂不可支地尖笑道，「那我要買上次很好吃的那個熊熊軟糖！」

他一邊笑著答應，一邊刻意將女兒歡笑著的模樣轉向妻子，也朝她投去一個燦笑，總算讓對方原本苦惱的表情逐漸轉為苦笑，叮囑兩人可別買太多糖。

即便身處於複雜的世界，但屬於男人的幸福就是如此平凡。伊凡不像家族其他成員，有野心、有抱負，急於力爭上位。雖然這麼說有些喪盡天良，可燒殺擄掠在他眼裡不過是一份賺錢養家的工作。

他只求妻子身體健康、女兒快樂長大。

正是為了這兩個平凡的願望，他不惜賠上自己的性命。

如同石子落入水池，轉眼間臥房溫馨的畫面成了模糊的漣漪，妻小的容貌消逝，千萬種場景迅速蕩漾而過，光線也從明亮逐漸褪色為黯淡，直到在一處陰森潮濕的地窖停下。

此刻伊凡腳前橫躺著一具屍體，是誰的不重要。

重要的是在他身後唯一的出口被五名家族成員堵住，而家族中地位最顯著的老爹就居高臨下地坐在正前方的絲絨椅上，眼神沒看伊凡或是屍體一眼，僅是細細品味、把玩著手裡的廓爾喀刀。

爾後「嗖」的一聲，老男人手裡的那把刀飛出，「噗哧」地插入屍體的胸膛。

「知道這人是怎麼死的嗎？」老爹冷聲質問。

「誰知道，不就被你這把刀捅死的嗎？」伊凡聳了聳肩回應，接著無奈地轉身走向出口邊發牢騷，「喔老爹拜託——別再為了這種無聊事找我來，我還有很多家族事要忙，你要查死因的話去請個法醫還是偵探來吧。」

可當伊凡試圖離開時，五名彪形大漢立刻湧上前堵住出口，他挑了挑眉，豎起大拇指比了比眼前的人，扭頭問道，「現在是什麼情況？」

老男人沒有回應，僅是以眼神示意，一名大漢便拽著伊凡的頭髮一路將他拖行到老爹面前，隨後狠狠踹了伊凡的膝蓋後方，逼得他雙膝下跪。

「給我看清楚！」

老爹從絲絨椅上起身，踹了那屍體一腳使它翻滾半圈，讓伊凡瞧清楚對方右邊太陽穴上的彈孔，「這傢伙是被我們的槍殺死的！我底下的人、我們家族的成員，是被我們的槍殺死的！」

「伊凡・曼加諾！你還敢說這事跟你一點關聯都沒有嗎？」

老男人震怒的咆哮聲讓向來玩世不恭的伊凡難得冒出冷汗，那瞬間他便明白自己這次逃不掉了。家族間最忌諱背叛行為，更別說害死自己人。當下他想到的是妻子與女兒，他還答應她們晚餐之前會回家。

伊凡的嗓音沒有顫抖，彷彿早已有覺悟地平淡說道，「讓我跟家人做最後的道別。」

他的話只引來老爹輕蔑的冷哼，「你以為自己還有討價的餘地嗎？」

「鏗鏘」一聲，一把染血的手槍落在跪地的伊凡膝前，他一眼就認出那是他私下賣出的槍。

「把剩下的三顆子彈往自己身上打完，否則你們全家剛好一人一顆。」

黑手黨老大殘忍的命令無可違背，當伊凡的手碰觸到槍時，他能感受到一把槍同時抵上自己的後腦勺，不讓他有造反的機會。

「碰！」第一槍他打在自己的左腳，子彈沒有穿過，卡在大腿骨裡。

往後他再也無法揹起女兒在公園奔跑。

「碰！」第二槍他打在自己的左手，子彈穿過，婚戒隨著無名指噴飛。

往後他再也無法執起妻子的手生活。

最後一槍，他抵著自己右邊太陽穴，疼痛與失血讓他眼冒金星、雙眼半瞇半開，他奮力從緊咬的牙關中吐出最後的字句。

「拜託……放過……我的家人，她們什麼都不知道。」

「碰！」

番外02【很久很久以後】

「伊凡・曼加諾！」

在一個愜意的早晨，一道女性的怒吼劃開寧靜的天際，隨之而來的是一記巨大的破門聲以及飛揚的木屑與塵土。

而坐在背對大門自家沙發上的伊凡正翹著腳翻閱報紙，雖然沒有正眼看對方，但擰起了眉頭抱怨，「喂，臭女人，現在是連門都不會敲了啊？」

束著一頭火紅色高捲馬尾的奧蘿拉沒有回應，逕自往冒出黑煙的廚房衝去，她打開後門與窗戶後召喚出鐮刀，隨即以雙手舉起在空中揮舞，讓濃煙紛紛往屋外散去。

總算能辨識出爐子的方向，奧蘿拉一個箭步上前將瓦斯爐開關轉了一圈，熊熊的橘紅色火焰瞬間熄滅，可在爐座上方一片焦黑的鐵壺仍發出吱吱作響，壺口冒出的濃煙亦是沒有消停的打算。

阻止了這場驚險的人禍後，奧蘿拉這才怒氣沖沖地回到客廳找罪魁禍首算帳。尤其見到伊凡絲毫未動地悠閒抖著腳，她覺得自己頭頂冒出的煙都要比剛才的廚房還烏煙瘴氣了。

「伊凡・曼加諾！你到底在做什麼！又想把房子燒了嗎？這個月以來已經是第幾次了！」

瞧對方繼續翻閱著他的報紙全然不理會，奧蘿拉一揮手裡的鐮刀，直接將伊凡手中的報紙劈成兩半，那雙鴿灰色的眼才終於從紙的縫隙間抬起，狠戾地瞪向眼前的女人。

「我也是數不清這是妳這個月第幾次找死了啦——」

說完，伊凡手裡的鐮刀倏地朝奧蘿拉揮去，女人雖然敏捷地側身避開，但她的對手可是堂堂前黑手黨，須臾間武器便調轉了方向，奧蘿拉還來不及轉身刀鋒又直逼她眼前。

「伊凡先生請冷靜一下！」

隨著這聲吶喊，一道人影衝到兩人之間，雙方手中的金屬武器迸出激烈的火花，沒想到擋住這波攻擊的居然是一把……平底鍋？

身上還套著居家圍裙的斯帕克雙眼大睜，心有餘悸地看向眼前雙手緊握的鍋子，他發現自己手臂上的汗毛豎立，連身體都在為這場衝擊後顫抖。

「小星星！你沒事吧！」

奧蘿拉的驚呼讓凝滯的空氣開始流動，她一把捧起斯帕克的臉來回查看，接著是雙手與身軀，確認對方沒事後心疼地擁住大男孩，拍撫他的腦袋，眼神卻兇悍地瞪著前方的伊凡破口大罵。

「你到底有什麼毛病！傷了我家小星星一根汗毛你賠得起嘛！」罵完，奧蘿拉的口吻又轉為輕柔的語調，看著斯帕克的雙眼哄道，「親愛的，剛剛這樣可是很危險的呀，下次可不能再這樣囉。」

斯帕克回以一個燦笑，「我也不希望奧蘿拉小姐受傷。」

多虧了這對笨蛋情侶，原本打算收手的伊凡又準備舉起鐮刀。搶在兩人的人頭落地前，斯帕克慌忙道，「伊凡先生！要不來跟我們一起吃早餐吧？我也有煮好咖啡了。」

「我本來煮得好好的，要不是你家瘋婆娘衝進來，整個美好早晨都給她毀了。」

伊凡埋怨地朝奧蘿拉嘖了聲，女人好不容易平息的怒火再度被點燃。

「『煮得好好的』？伊凡・曼加諾你要不要聽聽看自己在說什麼鬼話！要不是我及時趕到，你家廚房又要燒起來了！上次就是因為這樣，害的我們家後院種的花都被燒光。不為自己想，也要想想你的鄰居吧！」

死神世界的生活說實在沒有什麼好讓奧蘿拉抱怨的地方，她甚至可以住在生前的高級豪宅之中、享用著一切如常的奢侈用品不需要繳任何費用，尤其現在還多了一個愛人在身邊，這種生活就算拿槍逼著她去投胎，她都不願意離開。

偏偏美中不足的是，擁有伊凡・曼加諾這個鄰居。

經常半夜發酒瘋唱歌不說，破壞民宅更是家常便飯，雖說死神世界的神奇魔力能夠讓被破壞的物品在隔日都完好如初，可堆積在家門口成堆的垃圾看了就令人作嘔。

這絕對是奧蘿拉最慶幸自己被剝奪嗅覺的時刻。

而此刻她的這位惡鄰居正大搖大擺地領在前頭走回家。

她的家！那個她與斯帕克的愛窩！

偏偏她別無辦法，要是放任伊凡在家自己料理，搞不好連她家的豪宅都要被燒得一乾二淨。

於是今天伊凡又賺得了一頓豐盛的早餐，就跟以往的每一天早晨一樣。

他以食指悠哉地勾起馬克杯，湊到嘴邊細心地吹涼才將咖啡飲下，並發出一聲讚嘆，好似真的能嚐到它的濃醇香氣。

見到這幅畫面，坐在對面的奧蘿拉又忍不住翻白眼吐槽，「還真會演。」

伊凡繼續喝著咖啡邊反駁，「人最重要的是讓靈魂得到滿足，就算嚐不出味道又怎樣？」

「靈魂這種東西只有在活著才有意義，死了誰理你啊。」

說完奧蘿拉大口喝下還冒著熱煙的咖啡，好像飲下肚的是淡而無味的日子，沒什麼好值得細品與期待。

這時，斯帕克將盤中切的大小適宜入口的鬆餅叉起，遞到奧蘿拉的嘴邊，「奧蘿拉小姐，啊——」

奧蘿拉朝戀人寵溺的眼眸投去一個感激的笑容，向來剽悍的女強人瞬間化身為俏皮的小女孩跟著「啊」了聲張開嘴，任憑鬆軟的糕餅與甜膩的蜂蜜在想像中化為舌尖上的真實。

這畫面看得連伊凡也不由自主地接著張嘴，但是發出作嘔的聲音。

「嘔——真是夠了，每天都要看你們這對笨蛋情侶親熱，我不如去燒廚房。」

他嘴上如此嫌棄，但照舊坐在位子上喝咖啡，而原本盯著報紙的眼神漸趨迷茫，心思早已不知飄到什麼地方。

在那一瞬間他想到的不是妻子，而是西萊絲特。

那位在他死神生涯中上千個委託人裡的其中之一，他唯一殺死的那一個。

有時候他也不明白自己為何唯獨對這個小女孩念念不忘，甚至每次接獲任務能夠回人間時都會四處尋找她的身影。

起初伊凡當然也回去找過自己的妻子，可當他見到妻兒在他的墓碑前哭得撕心裂肺時，那一瞬間他便明白自己再也回不去了，那種羞愧與罪惡牢牢地鑲嵌進心臟，將他的步伐栓於原地沒有勇氣踏出。

是他親手造就了這場永別。

是他讓妻子守寡、女兒沒有父親。

做什麼都無法彌補。

但西萊絲特不一樣，她不記得他了。

每回伊凡回到人間見到她時，那雙水藍色的眼裡沒有恨，也沒有愛，只有對未來的想望與憧憬，那樣耀眼、那樣的屬於生命。

在西萊絲特身邊，是唯一能讓伊凡尋味出最貼近人生的方式。看著她吃飯，彷彿就能嚐到烤雞腿的迷迭香、羅宋湯的酸甜味。那不是想像，而是真實存在的。

在過了很久很久以後，他總算像每個人一樣坦承。他後悔了，他不應該自殺。即便如此，他從未後悔過殺了西萊絲特。

「嗶——」

一道熟悉的聲響將伊凡召喚回巨型水晶球前，他無奈地看了眼還穿在身上的小熊樣式睡袍，爾後仰頭朝無人的天花板大喊。

「喂！稍微看一下時機吧！要是我今天是在廁所大便怎麼辦！」

而回應他的只有一旁閃著「Mission」字樣的機台，伊凡嘆了口氣，熟門熟路地操作機器，很快地便領到一具西裝筆挺的軀體以及契約書。

來到水晶球前，他看著閃著紅光的美國北部地形皺了皺眉，他的小美人現在可是在希臘當一名芭蕾舞者。也就是說他越快了結這份工作，才能有越多的時間趕去她身邊。

思及此，伊凡冷笑地扭了扭脖子。不管他這次的委託人是誰，算他倒楣。

番外03【如約而至】

就在伊凡前往美國的半小時後，死神世界驟然產生了巨變。

還留在家中的奧蘿拉與斯帕克正甜蜜地分工合作收拾碗盤，由斯帕克洗碗、奧蘿拉將洗好的盤子擦乾歸位。可當奧蘿拉將手中的白瓷盤放入櫥櫃後轉頭，卻只見到稀哩嘩啦的水龍頭，原本站在流理台前的那道身影竟消失無蹤。

就在奧蘿拉惶恐地要找尋她的小星星時，一股強大的吸力毫無預兆地將她的身軀捲起，天旋地轉間她再度回到一片淨白的房間。

這個地方跟以往不一樣，不像頂樓出任務的房間也不像地下停屍間。

雖然沒有暈眩感，奧蘿拉還是腳步踉蹌了下，一雙強健的臂膀及時將她撐住，焦急地關切，「奧蘿拉小姐！妳沒事吧！」

奧蘿拉抬頭便見到斯帕克那雙金黃色的眸子中滿是憂心、額頭帶汗，看來被忽然傳送過來後，對方也一直在尋找自己。縱然沒有知覺，但她確信自己此刻胸口湧出的是暖意。

「我沒事，不過這裡是哪裡啊？我在死神界待了這麼久，從來沒見過這個地方。」奧蘿拉的身軀靠在愛人身上，視線則是納悶地掃視四周。

當她發現除了他們以外，周圍陸陸續續有更多生面孔被傳送過來，數量之多幾乎要塞滿整個空間，感覺就像是將死神界所有的死神一併召集過來。

這是史無前例的一件事，女人的直覺告訴她有什麼大事要發生了。

一頭霧水的眾人們有些與身旁的人交頭接耳討論、有些侷促不安地張望、還有些直接開始尋找離開房間的出口。

正當大家亂成一團時，一台金黃色的自助式機器從天花板正中心降下，耀眼奪目地吸引眾人的眼球，幾萬人的大廳裡靜得只剩機械緩緩垂落的聲響，直到最後機台落地「碰」的一聲巨響，大家才又紛紛湊上前討論。

那台機器猶如一頭甦醒的獸，螢幕一亮便投射出一排文字於高空中，就算在最角落的人也能看得清晰。

『即日起開放M層，每月將由擁有最多靈魂的一名死神獲得投胎轉世機會。』

斯帕克瞇著眼將空中那段話複誦給懷中嬌小的愛人聽，奧蘿拉則是隨著對方口中的字句眼睛越睜越大，最後不可置信地仰頭與斯帕克對視。

「這裡是M層？就是電梯那三個按鍵只能按下R和B，怎麼按M都沒反應的那個M層？」奧蘿拉率先吃驚的是這個，爾後又朝愛人再度確認，「還有……投胎？親愛的！你確定你沒看錯嗎？」

大男孩的視線也是處於震驚，直勾勾盯著上方文字反覆確認，接著低頭朝奧蘿拉篤定地瘋狂點頭，那雙眼中盈滿了喜悅與感動。

「是真的！它真的寫投胎了！」斯帕克看著周圍反應過來的人們也陸續發出驚呼，更加確信地擁住奧蘿拉吶喊，「太好了！我們、我們終於可以投胎了！」

奧蘿拉畢竟是曾經於職場上叱咤風雲的人，除了內心的激動外，更多的是狐疑，「怎麼會突然多出這條？而且只有一個名額？還要是擁有最多靈魂的死神？那不就……」

一個令人毛骨悚然的念頭讓她瞧見自己手臂上的汗毛豎立。

她看著身邊激昂已經迫不及待下凡執行任務的眾死神們，咕噥了句，「得想辦法通知那臭小子才行。」

「以上解釋完畢，好啦——這邊簽完名就可以快去自殺了，來，這是筆，還有槍。」

此刻的伊凡正在人間悠閒地一手夾著菸，另一手將筆與槍遞給身前雙膝癱軟的男人面前。

「大、大哥，求求你饒了我吧！錢、錢我會還的！」

這男人是因長期積欠了賭債，走投無路下才產生絕望自殺的念頭。他誤以為眼前的伊凡是某個債主派來的打手，不斷朝對方頻頻求饒。

好吧……他的小美人說的對，他一點都不像一個死神。

伊凡驀然想起跟西萊絲特初次見面的場景，即便那已經是十幾年之前的往事了，但仍舊不自覺地勾起嘴角。而當他嘴角的弧度越上揚，也就代表著對眼前該死的男人越沒耐心。

「喂，臭小子，我勸你是趁我還願意好好說話的時候……頭低下！」

一把急速劈來的鐮刀打斷伊凡的話，他邊大喊了聲邊一手壓下男人的腦袋，代價是前臂被割出一道彎月形的傷口，只剩半截的西裝外套垂盪在側。

伊凡瞇起眼瞪視著眼前發出不懷好意笑聲的長髮男子，對方手裡的武器很明顯也是一名死神，這是他有記憶以來第一次被同行攻擊。他想也不想便舉起手裡的槍朝對方開了三槍，長髮男子似乎沒有料到這樣的反擊，下秒便躺在自己流出的血泊之中。

正當伊凡上前想要查看對方的屍體搞清楚原因時，後方傳來他委託人的哭喊，

「救、救命啊！不要殺我啊！」

一回頭，另一名精瘦的女性死神正揮舞著鐮刀朝伊凡的委託人直衝過去，眼看

對方鐮刀的刀面已經反射出男人下巴的鬍渣，剛舉起槍的伊凡怎麼也來不及阻止。

「伊凡・曼加諾！還發呆啊！」

一道熟悉的嗓音叫喚，下一秒，奧蘿拉的鐮刀驚險地勾住對方的鐮刀，硬是將刀鋒扯開距離，緊接著伊凡趁隙默契地射出子彈，一槍就擊中對方腦門。

伊凡走上前，看了眼女性死神的屍體，再回頭看看原本還在，但已經消失的另一具死神屍體的位置，皺起眉。

「這群傢伙吃錯藥了啊？」他低聲咒罵。

一旁的奧蘿拉收起鐮刀，神色凝重地解釋，「出大事了。剛剛死神世界開放了從來沒開啟過的M層，還說之後每個月會讓收集到最多靈魂的死神投胎。我就在想人間一定會亂成一團，死神之間會開始殺害對方的委託人，妨礙別人收集靈魂。」

伊凡靜默地聽著奧蘿拉的話語，慢悠悠地從西裝口袋中摸出一包菸，點燃。

他呼出一口氣，才睞了女人一眼，「投胎？連妳也吃錯藥了啊？」

那瞬間奧蘿拉只覺得自己剛剛就該讓這渾蛋一併被砍死！

她強壓下怒氣，一字一句道，「我沒有在開玩笑，總之快把手上的工作解決我們回去再討論。」

原本玩世不恭的伊凡見到對方難得嚴肅的神情也收起懷疑的心態，取而代之湧現的是蠢蠢欲動的某種悸動。那陌生的感受讓他停頓下來，辨識了良久才察覺是什麼。

希望。

伊凡將手中抽到一半的菸扔地捻熄，扭頭朝身後的委託人大喝，「喂！你……」

「碰！」

沒想到在他話說完前，對方早因接二連三的恐怖攻擊選擇飲彈自盡。

伊凡與奧蘿拉對視了一眼，接著看向男人倒地的遺體。他走上前將對方身旁的槍撿起收好，爾後走回奧蘿拉的身邊，帶點得意地拍了拍她的肩。

「看，這就是工作效率。走吧。」

回到死神世界，伊凡率先按下高速電梯中的M字按鈕，當他發現那顆按鈕在按下後確實閃出金光時，又皺起了眉頭。

進入陌生的大廳，裡頭還有幾位死神徘迴其中，伊凡與奧蘿拉快速地越過他們來到金色機台前，那機台上的螢幕有一排數字，秒數正一點一滴減少，彷彿是顆即將引爆的炸彈。

那行關於新規定的文字還投影在空中，伊凡仰頭望去，凝視了好一段時間，拳頭收緊。

投胎。

他從沒想過自己能有投胎的機會，再度回到人間，再次感受到風、咖啡、菸酒、愛撫、一枚親吻、一個擁抱。

最重要的是，他終於能回到愛人身邊了，他的小美人，西萊絲特。

伊凡不知道自己重複看了多少次，少女不斷輪迴的幸福人生。

他看著少女的誕生、看著她啼哭、看著她成長、看著她迎來一位可人的胞弟、看著兩人幸福的笑意。又看著她走過他們一起走過的街景、看著她成年、看著她成親、看著她與別人上床、看著她生子、看著她白髮叢生、看著她死去。

一遍又一遍。

這次，他終於有機會回到她身邊一起經歷這一切，而不僅止於觀望。

「我沒騙你吧——以這個倒數時間來看，等等就會公布這個月的人選了。」跟在身後的奧蘿拉探出腦袋，視線盯著螢幕上不斷縮短的時間，爾後抬頭朝伊凡問道，「喂，你知道自己收集了多少靈魂嗎？」

「誰知道。」伊凡咕噥了聲，翻了一個白眼反問對方，「而且重點應該是，妳知道這裡有多少個死神嗎？」

此話一出，奧蘿拉眼裡的光芒霎時暗淡下來，其實不需要伊凡提醒，她也知道這樣的機會有多麼渺茫。

雖然她和伊凡都能說是死神界裡的資深前輩，而且比起那些成天放棄任務悠哉過活的死神，他們算勤奮了。

但，斯帕克呢？

她的小星星成為死神也就十幾年的資歷，不知道要過多久才能輪到他有投胎的機會。更別說此刻人間的慘狀，執行任務上只會更為艱難。

隨著倒數的時間來到分鐘，大廳湧入越來越多死神，每個人的眼裡都同時有著渴望與恐懼。伊凡雖然表面看上去平靜，但不斷來回踱腳的步伐出賣了他。

「對了，啊那個臭小子呢？不是說晚點要打羽毛球嗎？」他決定找點話題轉移注意力。

「欠揍啊！叫誰臭小子。」奧蘿拉不客氣地揍去一拳，「他剛好有任務，去歐洲了。」

接著她的臉頰有點泛紅，像是熱戀中的女人，「反正小星星也知道這次絕不可能是他，說倒不如去幫我買一束玫瑰。」

「裝模作樣……那種東西我們這邊不就有了。」伊凡露出一個快吐的表情。

奧蘿拉又是一拳，「你不懂，人間的東西就是比較特別，不然為什麼大家都這麼渴望那邊的世界？」

就在伊凡還想反駁什麼，一道刺耳的「嗶——」聲響徹整間大廳，眾人看著空中投影的文字下閃現出一行字，是一個人的名字。

「伊凡・曼加諾！」

伊凡還沒回神，奧蘿拉高亢的尖叫就打進腦門，他一瞬間耳鳴，瞪大的眼中不可置信地看著空中的名字，一字不漏，那就是他的名字。身旁的死神們默默替他讓出一條道路，盡頭正是那台金色機器，螢幕上閃現出一張手掌的圖案。

不需要任何的指引，伊凡整個人輕飄飄地走上前，將掌心貼合螢幕上的圖案，機器在緩慢的掃描後，從下方的出口「喀」地掉出一樣物品。

當伊凡伸手摸出那樣東西後，呼吸幾乎要停止。

是一把槍。

他生前用來自殺的那一把槍。

男人徐徐地撫摸槍身，即便指頭上沒有任何觸感，但那感覺早已深深烙印在他腦海中。

投胎的方式再清楚不過了。

伊凡毫不遲疑地將槍管抵住自己的右邊太陽穴，現在只要動一下食指，就能回到西萊絲特身邊。

他闔上眼，數以萬計的回憶與畫面閃過腦海，分不清是生前還是死後，好多人，愛的、恨的；早該忘的、難以忘的。

這趟旅程太漫長，是時候落幕了。

在伊凡身後的奧蘿拉雙手握拳，屏息盯著對方遲遲未扣下的扳機，甚至有想衝上前替他扣下的衝動。

沒想到下一秒，伊凡將手中的槍扔回機台下方，按下螢幕上放棄的按鈕，爾後在眾人詫異的驚呼聲中，率性地轉身走回奧蘿拉面前。

經過對方身邊時，他頭也不回地說，「走吧。」

在呆愣了好幾秒後，奧蘿拉才反應過來追在對方身後破口大罵，「你這白癡在想什麼！你瘋了嗎！這不是你一直在期待的嘛！為什麼要放棄這麼難得的機會！」

「哎呀——妳再這樣吼下去我可就有點後悔了。」伊凡伸出兩手的食指堵住耳道，口吻毫無悔意。

兩人進入電梯往下、出了大樓一路走回家，不顧奧蘿拉怎麼哭著打罵他，伊凡都不為所動地昂首向前走。

直到回到奧蘿拉的家門前，她還是不斷哭著哽咽道，「為什麼……你到底為什麼要放棄……」

伊凡沉默地看了他多年來的宿敵兼摯友，難得好心地伸手拍了拍她的腦袋安撫，並露出一個舒暢的笑容。

「我沒有放棄啊。」他道，又堅定地重複了遍，「這次，我沒有放棄了。」

瞧奧蘿拉仍舊一臉茫然，伊凡知道再怎麼解釋對方也不會懂，索性轉身下了階梯，離去前還不忘扭頭叮囑，「喂，叫妳家那臭小子有點效率，晚上記得回來打球啊。」

還處於震驚狀態的奧蘿拉驚魂未定地進入家中，她甚至沒發現斯帕克早已回來，男孩的臉上也滿是激動，情緒高漲地朝對方喊道。

「奧蘿拉小姐！妳絕對猜不到我這次的委託人是誰！」

離去後的伊凡點燃一根菸，他抽著無味的菸緩緩朝自己的家走去，一步步上了台階，手才剛要碰上門把卻停頓。

他轉身，抬頭看著一成不變的天，那樣的藍、那樣的廣闊。

那樣的屬於他的人生。

伊凡長舒了一口氣，露出豁達的笑容，沒發現身後的大門從裡頭被悄悄打開。

直到一道溫柔又熟悉的嗓音響起。

「伊凡先生？」

世間所有的美好，終將如約而至。

（End.）

定價
NT$300
HK$100

請陪我再死一次

八千子/作者　手刀葉/插畫

每日都在死去的她，與永遠不會死去的我。
尋覓遙不可及幸福的「餘命系」泡沫戀曲！

我遇見了那個與死亡僅有一步之遙的少女。

我是世上距離死亡最遙遠的人，而她則是最接近死亡的人。

我想知道，神明究竟會為了她而殺死我，

還是會為了我而拯救她的性命……

定價
NT$280
HK$93

解謎前・請投幣

路邊攤/作者　黑書人/插畫

PTT Marvel 版百萬人氣爆文作者路邊攤，帶你補捉都會怪談背後的群眾惡意！單行本收錄全新加寫結局番外篇《7：05》。

一台神秘的報紙自動販賣機突然出現在城市各處，機器內販售著二十二年前的舊報紙，報紙上的頭條，是一樁已經結案的女高中生命案。跟販賣機有關的靈異傳言甚囂塵上，若遇到這台販賣機，一定要買一份報紙才能離開，不然就會被女高中生的怨靈現身索命。

外號「怪談獵人」的作家余亞黎跟暴走編輯郭可宸，為了下一本書的題材，大膽踏上危險的追查真相之旅，但販賣機在每個關係人身上引發連鎖效應，即將掀開事件當年不為人知的恐怖真相……

國家圖書館出版品預行編目資料

死神先生的自殺契約書 /L.C 作 . -- 初版 . -- 臺北市 : 臺灣角川股份有限公司 , 2024.03
面； 公分
ISBN 978-626-378-672-1(平裝)

863.57 113000484

死神先生的自殺契約書

作者・L.C
插畫・單宇

2024 年 3 月 14 日 初版第 1 刷發行

發行人・台灣角川股份有限公司
總監・呂慧君
編輯・喬齊安
美術設計・李曼庭
印務・李明修（主任）、張加恩（主任）、張凱棋

台灣角川

發行所・台灣角川股份有限公司
地址・104 台北市中山區松江路 223 號 3 樓
電話・(02) 2515-3000
傳真・(02) 2515-0033
網址・www.kadokawa.com.tw
劃撥帳戶・台灣角川股份有限公司
劃撥帳號・19487412
法律顧問・有澤法律事務所
製版・尚騰印刷事業有限公司
ＩＳＢＮ・978-626-378-672-1

給神奇寶貝的旅程紀錄